Nina Horaczek, Sebastian Wiese

GEGEN VORURTEILE

Wie du dich mit guten Argumenten gegen dumme Behauptungen wehrst

Czernin Verlag, Wien

Gedruckt mit Unterstützung der Stadt Wien MA 7/Kultur – Wissenschafts- und Forschungsförderung

Aus Gründen der besseren Lesbarkeit wird in diesem Buch bei Personen nicht durchgängig die männliche und weibliche Form angeführt. Gemeint sind selbstverständlich immer beide Geschlechter.

Horaczek, Nina; Wiese, Sebastian: Gegen Vorurteile. Wie du dich
mit guten Argumenten gegen dumme Behauptungen wehrst/
Nina Horaczek; Sebastian Wiese
Wien: Czernin Verlag 2015
ISBN: 978-3-7076-0493-1

Lektorat: Joe Rabl
Umschlaggestaltung: sensomatic
Satz: Burghard List
Druck: Druckerei Theiss GmbH, A-9431 St. Stefan
ISBN Print: 978-3-7076-0493-1
ISBN E-Book: 978-3-7076-0494-8

Inhalt

Vorwort

Vorurteile erleichtern das Leben, sagen die einen. Sie erschweren unser Zusammenleben, antworten die anderen. Jeder hat sie, meinen die Ehrlichen. Aber immer nur die anderen, gestehen die ganz Ehrlichen.
Erkennt man eine Meinung als Vorurteil, empfindet man sie als zu kurz gedacht, als falsch, vielleicht sogar als dumm. So weit, so einfach, der Knackpunkt ist bloß: Wie lässt sich ein Vorurteil erkennen?
Davon handelt dieses Buch. Es liefert Informationen zu den gängigsten Vorurteilen. Es soll helfen, die eigenen Vorurteile zu erkennen. Es soll Nachschlagewerk und Unterstützung in politischen Debatten sein. Und es soll vor allem eines zeigen: dass die einfachen Antworten oft nicht die richtigen sind. Und dass es sich lohnt, nachzufragen und sich seine eigene Meinung zu bilden.

1. Was ist ein Vorurteil?

Jeder Mensch hat Vorurteile. Das bedeutet aber nicht, dass wir Vorurteilen einfach freien Lauf lassen sollen. Denn Vorurteile sind vorgefasste Meinungen, die ganze Gruppen ungerecht beurteilen. Wer Vorurteile hat, denkt ohne ausreichenden Grund schlecht über andere. Gerade das macht Vorurteile gefährlich. Denn wer schlecht über andere denkt, richtet auch sein Handeln danach aus. Auf lange Sicht führen Vorurteile so zu Diskriminierung. Außerdem passen sich die Opfer von Vorurteilen oft an das Vorurteil an. So rechnen Mädchen, denen man sagt, dass Burschen in Mathematik besser sind, tatsächlich schlechter als Mädchen, die von diesem Vorurteil nichts »wissen«. Manchmal bewirkt also erst das zunächst völlig falsche Vorurteil, dass es später einmal wirklich zutrifft.

Wie unterscheidet sich ein Vorurteil von einem Urteil? Und wieso machen Vorurteile blöd?

Ein Vorurteil ist eine Meinung, die vor dem Urteil steht, also noch nicht endgültig ist. Es ist ein Zwischenergebnis, eine vorläufige Meinung, bevor man sich ein endgültiges Urteil gebildet hat.

So gesehen wären Vorurteile veränderbar. Der alltäglichen Erfahrung entspricht das nicht. »Es ist schwieriger, eine vorgefasste Meinung zu zertrümmern als ein Atom«, erklärte schon der Physiker und Nobelpreisträger Albert Einstein.

Vorurteile werten – positiv oder negativ. Sie sind Wertungen, die breit akzeptierten Maßstäben widersprechen:

- der Rationalität, also dem Gebot, zunächst gewissenhaft zu prüfen und dann zu urteilen. Vorurteile sind vorschnelle Schlüsse aus Einzelbeobachtungen;
- der Gerechtigkeit, weil der Meinungsträger mit seiner Äußerung über einzelne Menschen oder Gruppen nach anderen Maßstäben urteilt als über sich selbst;
- der Mitmenschlichkeit, weil der Äußerung das gesellschaftlich akzeptierte Mindestmaß an Toleranz, Mitgefühl und Verständnis für andere fehlt.[1]

Vorurteile sind »stabile negative Einstellungen gegenüber einer anderen Gruppe bzw. einem Individuum, weil es zu dieser Gruppe gerechnet wird«.[2]

Um diese Definition zu vereinfachen, muss man sich bloß überlegen, was man tut, wenn man ein Vorurteil hat: von anderen schlecht denken – ohne ausreichende Begründung.

Fein ist das nicht. Wer an sich selbst etwas höhere Ansprüche stellt, wird lernen müssen, seine eigenen Vorurteile zu erkennen und zu hinterfragen.

Vorurteile haben gemeinsame Charakteristika:

1. Sie beziehen sich stets auf Gruppen, zum Beispiel auf »die Homosexuellen«, »die Ausländer«, »die Muslime«, »die Frauen«, »die Türken«.
2. Vorurteile beziehen sich immer auf die anderen. Dass etwa »die Ausländer« kriminell seien, wird man in dieser Pauschalität wohl bloß von Inländern zu hören bekommen. Zum Wesen eines Vorurteils gehört auch, Angehörigen einer Gruppe bestimmte Eigenschaften zuzuschreiben, sogenannte Stereotype.
3. Vorurteile entstehen, wenn von Einzelfällen auf die Allgemeinheit geschlossen wird. Verstärkt wird dieser Effekt durch die Neigung des Menschen, über Mitglieder der eigenen Gruppe gnädiger zu urteilen als über jene fremder Gruppen. Das hängt auch damit zusammen, dass man sich in die Lage von Menschen der eigenen Gruppe besser hineindenken kann als in jene fremder Gruppen.
4. In Vorurteilen steckt meistens ein Körnchen Wahrheit. Schließlich findet sich zu jedem Vorurteil eine Person, die dem darin transportierten Klischee entspricht. Das Vorurteil entsteht aber durch Verallgemeinerung (Generalisierung) und vorschnell gezogene (falsche) Schlüsse aus einer an sich richtigen Einzelbeobachtung. Ein Vorurteil schließt vom Einzelnen auf die Gesamtheit.

Lesen wir zum Beispiel einen Zeitungsartikel über häusliche Gewalt in einem inländischen Haushalt, differenzieren wir gedanklich nach sozialer Schicht, Alter, belasteten Wohngegenden usw., ohne auf den Gedanken zu kommen, »unseren« Männern pauschal Gewalttätigkeit zu unterstellen. Lesen wir denselben Zeitungsartikel über ein tunesisches Ehepaar, tendieren wir rasch dazu, »die Tunesier« oder »die Muslime« generell für gewalttätiger zu halten (sofern wir selbst weder aus Tunesien stammen noch Muslime sind).

Hinzu kommt, dass wir alle dazu neigen, Mitglieder fremder Gruppen nicht nur stereotyper (generalisierender) zu beurteilen als Mitglieder der eigenen Gruppe, sondern auch negativer. Wir wissen nicht nur weniger über »die anderen«, wir können uns auch weniger in sie hineinversetzen und sagen deshalb ihr Verhalten schlechter vorher.

Vorurteil und Wirklichkeit

Eine Studentin an der Universität Wien hat 2002 im Rahmen ihrer Diplomarbeit ein spannendes Experiment zum Thema Vorurteile durchgeführt.[3] Zuerst ließ sie ihre Versuchspersonen selbst einschätzen, ob sie über Kriminalität gut informiert sind. Dann mussten sie schätzen, wie viele Prozent aller Straftaten in Österreich von Ausländern begangen werden. Personen, die von sich behaupteten, über Ausländerkriminalität gut informiert zu sein, schätzten den Ausländeranteil an der Gesamtkriminalität besonders hoch ein. Nach eigenen Angaben uninformierte Personen schätzten den Ausländeranteil zwar noch immer zu hoch, aber durchgehend niedriger und damit realistischer ein als die angeblich gut informierten. Das legt nahe, dass Menschen, die in Zeitungen und im Fernsehen viel über Kriminalität von Ausländern lesen, ein überzeichnetes Bild der Ausländerkriminalität bekommen.

Dann wurden die Befragten nach dem Anteil an Ausländern bei kinderpornografischen Verbrechen befragt. Hier schätzten diejenigen, die meinten, über Kriminalität gut informiert zu sein, den Ausländeranteil auf 32,8 Prozent, die Uninformierten immer noch auf 27,57 Prozent. Tatsächlich ist gerade dieses Delikt fest in der Hand inländischer Täter: Der Ausländeranteil betrug 2007 gerade einmal 3,35 Prozent.

Besonders spannend wurde der Versuch, als die Befragten auch eine Geschichte zum Delikt hörten und danach schätzen mussten, wie wahrscheinlich der Täter ein Ausländer war. Nach der Aufforderung, sich vorzustellen, dass man eine Ansammlung von Polizisten vor einem Haus sehe und die Auskunft erhalte, in einer Wohnung des Hauses sei kinderpornografisches Material gefunden worden, stiegen die Schätzwerte bereits zulasten der Ausländer. Auch wer sich vorstellte, dass man einen Ausländer mit »sehr teurem Auto [...], sehr elegantem, teurem Anzug« und einer »wertvollen Uhr«

gesehen habe, schätzte viel häufiger als zuvor, dass der Täter eines Betrugs Ausländer sei.
All das legt den Schluss nahe, dass der subjektive Eindruck der Befragten zur Ausländerkriminalität weitaus stärker gefühlsbeeinflusst als faktenbasiert ist. Offenbar spielen Polarisierung und Wir-Gefühl, Imaginationen und negative Emotionen eine gewichtige Rolle bei der Wahrnehmung von Ausländerkriminalität.

Warum kümmern uns Vorurteile überhaupt? Es gibt doch immer irgendwen, der von anderen ohne ausreichende Begründung schlecht denkt. Ganz falsch ist das nicht. Aber dieser Zugang zu Vorurteilen ignoriert einen großen Unterschied zwischen einem »echten« Vorurteil und dem simplen Umstand, dass es selbst der netteste Zeitgenosse nicht allen Nachbarn und Mitschülern recht machen kann. Das ruft nämlich meist nur die negative Meinung einiger weniger hervor. Ein »echtes« Vorurteil wird hingegen oft von großen Teilen einer Gesellschaft getragen. Das Zielobjekt eines Vorurteils ist in einer besonders belastenden Situation: Es ist nicht bloß einer, sondern es sind viele, die schlecht über das Opfer eines Vorurteils denken.

Auch handelt es sich bei einem Vorurteil nicht um ein negatives Bild über einen einzelnen Menschen, sondern um eine schlechte Meinung über eine ganze Gruppe, also über eine Vielzahl an Individuen. Und das meist allein aufgrund ihrer Gruppenzugehörigkeit. Problematisch ist das insbesondere, weil es auf Dauer nicht beim (negativen) Urteil in unseren Köpfen bleibt, sondern sich diese Urteile auf unser Verhalten auswirken.

Ist ein Vorurteil in einer Gesellschaft weit genug verbreitet, wird später aus dem Vorurteil sehr wahrscheinlich eine tatsächliche Benachteiligung für die Opfer des Vorurteils entstehen. Sie werden diskriminiert.

Manche Wissenschaftler sehen im Vorurteil sogar den ersten Schritt zur gewollten Vernichtung seiner Opfer. Die ihnen innewohnende Diskriminierung führt ihrer Meinung nach schleichend dazu, dass das Eigentum der diskriminierten Gruppe nicht mehr geachtet wird. Diese Phase der Enteignung münde schließlich in eine Phase der körperlichen Gewaltanwendung. Am Ende dieser Entwicklung stehe die physische Vernichtung der Zielgruppe durch Ermordung ihrer Angehörigen.

VOM STEREOTYP ZUR DISKRIMINIERUNG

Stereotyp	Gefühl	Diskriminierung
Muslime haben einen anderen Umgang mit Frauen.	Ich lehne ab, wie Muslime mit Frauen umgehen. Sie sind frauenfeindlich.	Mit einem muslimischen Freund kommt mir meine Tochter (Schwester) nicht ins Haus.
Ausländer sind öfter kriminell.	Ich mag keine Ausländer, weil sie kriminell sind.	Ausländer gehören abgeschoben oder weggesperrt.
Ausländer sind öfter arbeitslos.	Ich mag keine Ausländer, weil sie faul sind.	Einem Ausländer würde ich nie einen ordentlichen Job geben.
Jugendliche aus Südosteuropa geben sich besonders cool.	Mit Jugendlichen aus Südosteuropa gibt es ständig Probleme.	Jugendliche aus Südosteuropa dürfen nicht in unsere Disco.
Schwarze sind anders.	Ich respektiere Schwarze nicht als gleichwertig.	Einen Schwarzen würde ich nur für einfache Arbeiten einstellen, selbst wenn er Akademiker ist.

Oft wird diese Theorie am Beispiel des Schicksals der europäischen Juden erklärt. Jahrhundertelang waren sie Ziel von diffusen Vorwürfen und Vorurteilen. Ihre Diskriminierung begann im Mittelalter, etwa indem ihnen lediglich in besonders ausgewiesenen Gebieten, den Ghettos, das Ansiedeln erlaubt war. Sie erreichte 1935 mit den Nürnberger Rassengesetzen der Nationalsozialisten einen ersten Höhepunkt.[4] Dieser Vorgang steigerte sich in der zweiten Hälfte der 1930er-Jahre zu einer Phase, in der jüdisches Vermögen systematisch »arisiert«, also die Juden enteignet wurden. Die jahrhundertealten Vorurteile gegen Juden gipfelten schließlich in der planmäßigen Vernichtung der europäischen Juden durch die Nationalsozialisten.

Das Beispiel der Judenvernichtung ist ein Extrembeispiel für jene Gefahr, die von Vorurteilen ausgeht. Dieses drastische Beispiel darf aber nicht davon ablenken, dass Vorurteile ihr Gift schon viel eher heimlich entfalten. Mit ihren (Ab-)Wertungen ordnen sie manche Gruppen als »wertvoller« und andere als »minderwertiger« ein. Diese Wertungen nehmen auch die Opfer eines Vorurteils wahr. Schon in den 1940er-Jahren zeigten beispielsweise Experimente in den USA, dass die überwiegend positive Bewertung heller Hautfarbe und die negative Bewertung dunkler Hautfarbe quer durch alle Bevölkerungsgruppen auch kleinsten Kindern vermittelt wird. Wissenschaftler boten zufällig ausgewählten Kindern hell- und dunkelhäutige Puppen zum Spielen an. Aus dem Aufbau des Experiments war klar, dass die Kinder jeweils zur nach ihrer Bewertung »besseren« Puppe greifen würden. Die meisten Kinder bevorzugten Puppen mit heller Hautfarbe. Selbst die Kinder dunkler Hautfarbe griffen viel häufiger zu hellhäutigen als zu dunkelhäutigen Puppen, auch sie beurteilten Puppen heller Hautfarbe offenbar als »besser«. Diese dunkelhäutigen Kinder »lernten« schon früh, dass sie selbst »schlechter« sind als Menschen mit heller Hautfarbe.[5]

Inzwischen ist auch wissenschaftlich belegt, dass Vorurteile dumm machen. Wie das funktioniert? Vorurteile sind zwar falsch. Wenn sie lange genug bestehen, sorgen aber ihre Opfer dafür, dass sie richtig werden. Denn die Opfer passen sich unbewusst den Vorurteilen an.

Die belgische Wirtschaftswissenschaftlerin Marianne Bertrand hat für eine Studie gleichlautende Bewerbungen an unterschiedliche Unternehmen in den USA geschickt – ohne Foto des Bewerbers. Einziger Unterschied: die Namen der Bewerber.

Für einen Teil der Bewerbungen benutzte Bertrand Namen, die besonders »weiß« klangen, also vom Leser überwiegend mit einer Person heller Hautfarbe verbunden werden (z.B. Emily Walsh, Greg Miller, Brendan Baker). Die übrigen Bewerbungen versandte sie mit Namen, die vor allem in schwarzen Bevölkerungsteilen der USA verbreitet sind (z.B. Lashika Washington, Jamal Jones). Ergebnis: Emily, Greg und Brendan erhielten 50 Prozent mehr Rückmeldungen und Einladungen zu Vorstellungsgesprächen als Lashika und Jamal.[6]

Und die Folgen davon? Bewerber mit schwarzer Hautfarbe erhalten bei gleicher Qualifikation schwerer einen Job als ihre hellhäutigen Mitbewerber und sind infolgedessen eher von Arbeitslosigkeit bedroht. Wer öfter arbeitslos ist, hat in der Regel ein niedrigeres Durchschnittseinkommen. Je niedriger das Durchschnittseinkommen eines Bevölkerungsteils, desto höher die Kriminalitätsrate. Die Diskriminierung schwarzer Bewerber am Arbeitsmarkt erhöht also auch die Wahrscheinlichkeit, dass Bevölkerungsteile dunkler Hautfarbe eine höhere Kriminalitätsrate aufweisen. Dieser Hintergrund interessiert den Durchschnittsrassisten natürlich nicht. Für ihn zählt allein die höhere Kriminalitätsrate. Sie bestätigt, was er schon immer gewusst haben will: »Schwarze sind nicht nur fauler, sondern auch krimineller als Weiße.« So wird ein Vorurteil zur selbst erfüllenden Prophezeiung.

Ausländerfeindlichkeit macht dumm

Der Psychologe Markus Appel hat Jugendliche mit Wahlplakaten konfrontiert, die Slogans wie »Sozialstaat statt Zuwanderung«, Daham statt Islam« (»daham« ist österreichisch für »zu Hause«) und »Deutsch statt nix verstehn« enthielten. Vor und nach Betrachten dieser Plakate mussten die Jugendlichen schwierige Denkaufgaben erfüllen. Testpersonen mit Migrationshintergrund schnitten nach Betrachten der Plakate schlechter ab als davor. Ihre Denkleistung verminderte sich durch die Konfrontation mit Vorurteilen um 6 Prozent. Wurden sie nicht mit diesen ausländerfeindlichen Slogans konfrontiert, blieb ihre Leistung unverändert. Auf die Denkleistung von Jugendlichen ohne Migrationshintergrund hatten die Sprüche keinen Einfluss.[7]

Lange hatte man angenommen, dass Mädchen durchschnittlich weniger mathematisch begabt seien als Buben. Noch beim PISA-Test im Jahr 2006 hatte der Unterschied zwischen Mädchen und Buben in der Mathematik 20 Punkte betragen. Neuere Studien zeigen, dass Mädchen durchaus dasselbe mathematische Talent aufweisen wie Buben. Eine unter 500.000 Schülern in 69 Ländern durchgeführte Studie zeigte, dass Mädchen umso bessere Ergebnisse erzielten, je besser die Chancengleichheit der Geschlechter in ihrem Land ausgeprägt war. Eine Gesamtschau der neueren Studien zeigt, dass Mädchen nur dann schlechter als Buben rechnen, wenn sie selbst glauben, dass sie schlechter seien.[8] Mit anderen Worten: Mädchen verlernen das Rechnen, wenn man sie glauben lässt, dass sie mathematisch weniger begabt sind. Vorurteile gefährden also die Intelligenz. Ungerechterweise aber jene der Opfer.

2. Ausländer kosten uns mehr, als sie bringen

Welches Ergebnis man bei einer Kosten-Nutzen-Rechnung über Ausländer erzielt, hängt immer davon ab, welche Faktoren man in die Rechnung einbezieht. Die meisten Studien errechnen jedenfalls positive wirtschaftliche Effekte für den Sozialstaat. Fest steht: Je höher die Ausbildung, desto höher ist auch die Wahrscheinlichkeit einer bezahlten Beschäftigung und desto mehr »Nutzen« erzielt ein Ausländer für den Staat. Denn eine positive Bilanz kann nur vorweisen, wer am Arbeitsmarkt aktiv ist – das gilt für Ausländer und Inländer gleichermaßen.

Spitäler, Kindergärten, Schulen, Unis, Sozialhilfe und vieles mehr gibt es nicht nur für Inländer, sondern auch für Migranten. Das verursacht Kosten. Aber sind es wirklich die Ausländer, die den Sozialstaat bluten lassen?

Was kostet ein Mensch und was bringt er ein? Wie misst man den wirtschaftlichen Nutzen oder Schaden des Einzelnen für die Gesellschaft? Auf die Frage, was Ausländer den Staat kosten, gibt es viele Zahlen, aber keine einfache Antwort.

Prinzipiell gilt, dass der Mensch in den verschiedenen Phasen seines Lebens unterschiedlich viel oder wenig für die Allgemeinheit erwirtschaften kann. Wer zur Welt kommt, »kostet« erst einmal: die ärztliche Betreuung der Mutter während der Schwangerschaft, die Spitalskosten für die Geburt, Familienleistungen wie Kindergeld, staatliche Ausgaben für Kinderkrippe, Kindergarten, Schule, eventuell Universität, und während dieser Zeit natürlich auch Krankenversicherung. Dem steht das bisschen Geld gegenüber, das Kinder und Jugendliche an Steuern zahlen, etwa Umsatzsteuer, wenn sie sich im Geschäft ein Eis oder eine Limonade kaufen. Die ersten Jahre ist der Mensch also ein Defizitunternehmen für den Staat.

Das ändert sich in dem Moment, in dem er auf dem Arbeitsmarkt aktiv wird. Dann dreht sich die Bilanz, denn jeder Unternehmer und jeder Arbeitnehmer hilft durch seine Steuern und Abgaben mit, die Staatskassen zu füllen.

Am Ende eines Lebens nimmt der wirtschaftliche »Wert« eines Menschen wieder ab: Dann zahlt die Allgemeinheit den Menschen Pensionen dafür, dass sie gearbeitet und Pensionsbeiträge einbezahlt haben. Außerdem sind alte Menschen öfter krank und brauchen Pflege, die finanziert werden muss. Der in Zahlen ausgedrückte »Wert« eines Menschen verändert sich also im Laufe eines Menschenlebens.

Bei Ausländern kommt noch ein anderes Kriterium hinzu: Ob Zuwanderer das Sozialwesen be- oder entlasten, hängt davon ab, aus welchem Grund sie hier sind. Wer als Asylwerber kommt, um aus humanitären Gründen bei uns Schutz zu suchen, verursacht zuerst einmal Kosten. Während des Asylverfahrens haben Asylwerber kaum Zugang zum Arbeitsmarkt und dürfen ihren Lebensunterhalt nicht selbst verdienen. Sie müssen deshalb von der Allgemeinheit erhalten werden.

Was bekommen Ausländer?

In Österreich bezogen 2012 insgesamt etwa 150.000 Personen die sogenannte Mindestsicherung, die frühere Sozialhilfe für Menschen mit sehr geringem oder gar keinem Einkommen. Zwei Drittel der Bezieher waren österreichische Staatsbürger, zwischen 5 und 8 Prozent waren EU-Bürger und ein Viertel bis ein Drittel Ausländer aus Ländern außerhalb der EU.
In Deutschland zahlte der Staat 2013 insgesamt 33 Milliarden Euro an »Hartz IV«-Arbeitslosenunterstützung aus. Davon entfielen 26,8 Milliarden an deutsche Staatsbürger, etwa 311.000 EU-Bürger erhielten insgesamt 1,7 Milliarden Euro und etwa 900.000 Ausländer von außerhalb der EU insgesamt fünf Milliarden Euro.

In Deutschland ist Asylwerbern die Arbeit während der ersten neun Monate gänzlich verboten. Danach haben sie zwar einen theoretischen Zugang zum Arbeitsmarkt, allerdings kaum Chancen auf einen Job. Sogenannte berechtigte Arbeitnehmer, das sind Deutsche, EU-Ausländer oder anerkannte Flüchtlinge, werden ihnen vorgereiht. Erst nach vier Jahren Aufenthalt dürfen Asylwerber arbeiten.

Österreich ist noch restriktiver. Hier dürfen Asylwerber während des gesamten Asylverfahrens lediglich als Saisonarbeiter in Tourismusbetrieben oder als Erntehelfer arbeiten, und auch das nur, wenn ein von der Politik vorgegebenes Kontingent nicht schon von anderen Arbeitswilligen ausgeschöpft ist (z.B. von EU-Ausländern). Der einzige legale Weg, selbst Geld zu verdienen, ist der als Selbstständiger in jenen Branchen, für die man keinen Gewerbeschein benötigt: etwa als Zeitungsausträger oder in der Prostitution.

Deshalb können die allermeisten Asylwerber gar nicht arbeiten und »wertvoll« für unsere Gesellschaft sein. Bei Asyl geht es aber auch nicht um den »wirtschaftlichen Wert« eines Menschen, sondern um den Schutz verfolgter und gefährdeter Personen. Hier steht das Menschenrecht über dem ökonomischen Nutzen.

Aber was kosten oder bringen die »anderen« Ausländer, diejenigen, die nicht kommen, weil sie verfolgt werden?

Dazu hat das Zentrum für Europäische Wirtschaftsforschung im Auftrag der Bertelsmann Stiftung im November 2014 eine Studie für Deutschland vorgelegt. Darin wird berechnet, welche Sozialleistungen Ausländer im Jahr 2012 inklusive der Ausgaben für Bildung erhalten und wie viele Steuern und Abgaben sie im gleichen Jahr dem Staat überwiesen haben. Das Ergebnis: Pro Ausländer bleiben dem deutschen Staat jedes Jahr 3.300 Euro mehr im Steuertopf, als dieser Ausländer den Staat kostet. 2012 zahlten alle Ausländer in Deutschland insgesamt 22 Milliarden Euro an Steuern und Abgaben.

Diese Berechnungen erfolgten sehr vorsichtig. Es wurden nur Beiträge von Menschen einbezogen, die nicht deutsche Staatsbürger sind. »Nähme man noch jene ausländischen Mitbürger hinzu, die die deutsche Staatsangehörigkeit angenommen haben, würde der fiskalische Nutzen mit großer Wahrscheinlichkeit noch höher ausfallen, da dieser Personenkreis im Durchschnitt ökonomisch erfolgreicher ist als die Gruppe der Ausländer«, schreibt der Studienautor.[9]

Würde mehr in die Bildung von Migranten investiert, würde dieser Wert noch weiter steigen. Denn wer besser qualifiziert ist, bekommt meist besser bezahlte Jobs und zahlt dadurch auch mehr Steuern. Bei Deutschen beträgt der Wert, den jeder pro Jahr durchschnittlich dem Staat bringt – nicht zuletzt aufgrund der besseren Qualifikation –, etwa 4.000 Euro.

Die Ausländer, die derzeit nach Deutschland und Österreich kommen, könnten ihren »Geldwert« aber noch verbessern. Schließlich ist unter ihnen die Akademikerquote bereits höher als unter Einheimischen (siehe Kapitel 6). Und nichts kommt den Staat günstiger als Arbeitskräfte, für deren teure akademische Ausbildung ein anderer Staat zahlen musste, die frisch auf seinen eigenen Arbeitsmarkt kommen und noch weit vom Pensionsalter entfernt sind. Falls ihr Potenzial genutzt wird. Denn der ausländische Herr

Doktor, der Taxi fährt, oder die Biochemikerin, die als Putzfrau arbeitet, sind vergeudetes Potenzial, aber leider bis heute Realität.

Es gibt aber auch andere Stimmen: Der deutsche Ökonom Hans-Werner Sinn kommt anhand derselben Daten zu einem ganz anderen Ergebnis. Er kritisiert, dass in dieser Berechnung nur die allgemeinen Ausgaben des Staates auf den einzelnen Bürger umgelegt und abgezogen werden. In seiner Berechnung, die Kosten für Straßenbau und Landesverteidigung einbezieht, fällt der »Wert« eines Ausländers von einem Plus von 3.300 Euro auf ein Minus von 1.800 Euro. Aber Straßen müsste Deutschland auch ohne Ausländer bauen. Und die Landesverteidigung ware ohne Migranten auch nicht billiger – die deutsche Grenze bleibt schließlich gleich lang, egal wie viele Ausländer sich im Landesinneren befinden.

Auch was den Bezug von Sozialleistungen betrifft, findet sich kein eindeutiges Ergebnis zugunsten oder zulasten von Ausländern. Eine Studie des österreichischen Wirtschaftsforschungsinstituts anhand von Daten aus dem Jahr 2009 stellt zwar fest, dass ausländische Haushalte in Österreich pro Jahr durchschnittlich um 2.391 Euro weniger aus der Kranken-, Pensions- und Arbeitslosenversicherung erhalten als inländische Haushalte. Bei Kindergeld und Sozialhilfe würden sie hingegen im Durchschnitt um 319 Euro mehr kassieren. In Deutschland ist die Situation wieder anders: Dort würden, so das Ergebnis der Studie, Migrantenhaushalte im Durchschnitt gar um 7.194 Euro mehr an staatlichen Leistungen pro Jahr erhalten als inländische Haushalte.

Es gibt also keine einfachen Antworten auf die Frage nach den Kosten und dem Nutzen von Ausländern auf die Staatskasse. Je nachdem, welche der zahlreichen Parameter man verwendet, wird das Ergebnis unterschiedlich ausfallen. So kann die »Wahrheit« je nach politischer Einstellung auch schnell in die eine oder in die andere Richtung gebogen werden.

Die Mehrzahl der zur Verfügung stehenden Untersuchungen kommt aber zu dem Schluss, dass Migranten den Staatshaushalt nicht ruinieren, sondern mehr einzahlen, als sie herausnehmen.[10] Abgesehen davon tragen arbeitende Ausländer durch ihre Arbeit und alle Ausländer durch ihren Konsum im Inland auch zum Wirtschaftswachstum bei.

Die gerade zu diesem Thema besonders verschiedenen, einander zum Teil widersprechenden Zahlen zeigen uns, dass man gegenüber simplen Rechnungen immer misstrauisch bleiben sollte.

3. Ausländer nehmen uns die Arbeitsplätze weg

Ausländer nehmen keine Arbeitsplätze weg. Sie haben in der Vergangenheit Jobs übernommen, für die keine einheimischen Arbeitskräfte gefunden wurden, und trugen dadurch zur Schaffung und Vermehrung unseres Wohlstands bei. In wirtschaftlich schlechten Zeiten sind Zuwanderer die Ersten, die um ihren Arbeitsplatz fürchten müssen.

Es ist eine simple Rechnung: Schmeißt man so viele Ausländer aus dem Land, wie es Arbeitslose gibt, hätten alle Inländer einen Job und die Arbeitslosigkeit wäre besiegt. Aber stimmt diese Rechnung auch?

Würden Ausländer uns die Arbeitsplätze wegnehmen, müsste Deutschland das Land mit der höchsten Arbeitslosigkeit sein. Schließlich kamen im Jahr 2013 etwa 437.000 Migranten nach Deutschland.

Deutschland ist damit nach den USA das derzeit beliebteste Einwanderungsziel. Auch Österreich ist in diesem Ranking weit vorne: 2013 hatte das Land eine Netto-Zuwanderung von etwa 54.000 Personen. Nähmen Ausländer den Inländern die Arbeitsplätze weg, müssten bei so einem Zuzug die Arbeitslosenzahlen ordentlich in die Höhe schnellen. Tatsächlich waren aber im Jahr 2014 in Deutschland so viele Menschen berufstätig wie nie zuvor. Die Zahl der erwerbstätigen Personen stieg von 2013 auf 2014 um 32.700 auf 42,6 Millionen. In Österreich ist die Arbeitslosigkeit von 2013 auf 2014 zwar gestiegen (von 4,8 auf 5 Prozent[II]), 222.300 Menschen hatten keinen Job. Österreich ist damit aber immer noch das Land mit der niedrigsten Arbeitslosigkeit in der EU, gefolgt von Deutschland mit 7 Prozent.

Gleichzeitig gab es Ende 2014 viele unbesetzte Arbeitsplätze, für die die Arbeitgeber keine Interessenten finden konnten.

Wer kriegt bei uns die Jobs?

Meldet ein Unternehmen eine Arbeitsstelle als frei, wird diese als Erstes an Inländer, die Arbeitslosenunterstützung beziehen, vermittelt sowie an gleichgestellte EU-Bürger. Um Arbeitslosengeld beziehen zu dürfen, muss man nach deutschem Recht zumindest ein Jahr in Deutschland gearbeitet haben, nach österreichischem Recht zumindest 52 Wochen innerhalb von zwei Jahren. Erst wenn kein Inländer oder gleichgestellter EU-Bürger den Job annehmen will, bekommt ihn ein Ausländer von außerhalb der EU angeboten, der ebenfalls Arbeitslosengeld bezieht. Nimmt auch der den Job nicht an, dann erst kann ein anderer Ausländer diese Stelle besetzen.

In Österreich gab es 2014 mehr als 66.000 offene Stellen, in Deutschland hatten die Arbeitgeber Ende 2014 den Arbeitsagenturen sogar fast eine halbe Million zu besetzende Stellen gemeldet. Das Institut für Arbeitsmarkt- und Berufsforschung berichtete, dass Arbeitgeber in Deutschland zwischen April und Juni 2014 sogar mehr als eine Million freie Jobs ausgeschrieben hatten. Im Jahr 2013 warnten die deutsche Industrie und der Handelskammertag, dass bis zu 70.000 Lehrstellen unbesetzt bleiben könnten und sich Unternehmen im deutschen Brandenburg an der Grenze zu Polen ihre Auszubildenden längst über der Grenze suchen würden. Die EU-Kommission schätzt, dass im gesamten EU-Bereich derzeit zwei Millionen offene Stellen verfügbar sind.

OFFENE STELLEN IN ÖSTERREICH, DEZEMBER 2014 (AUSWAHL)	
6.794	Dienstleistungsberufe
6.056	Bergbau, Industrie, Gewerbeberufe
5.140	Hotel- und Gastgewerbe
3.317	Metallarbeiter, Elektriker
2.814	Handelsberufe
1.965	Technische Berufe
565	Bauberufe

Aber wieso gibt es überhaupt Arbeitslose, wenn so viele Jobs vorhanden sind?

Das liegt vor allem daran, dass ein großer Teil der Arbeitslosen keine oder nur eine schlechte Ausbildung hat. Von den Menschen in Deutschland, die keinen Berufsabschluss haben, ist fast jeder Fünfte arbeitslos, im Osten sogar fast jeder Dritte. Bei Akademikern liegt die Arbeitslosenquote hingegen nur bei etwa 2,5 Prozent.

Es sind also nicht die Ausländer, die Jobs wegnehmen. Offene Stellen gibt es viele – allerdings fehlt einem großen Teil der Arbeitslosen die Qualifikation für diese Stellen. Es wird immer schwieriger, Jobs zu finden, für die man keine gute Ausbildung braucht. In diesem Segment kommt es tatsächlich zur Konkurrenz zwischen Inländern und Ausländern. Denn die Zahl der Hilfsjobs ohne besondere Qualifikationserfordernisse sinkt kontinuierlich. Allerdings stehen Arbeitsmigranten in diesem Segment weniger mit Einheimischen im Wettstreit um Arbeitsplätze als mit anderen Ausländern.

DIE HÄUFIGSTEN JOBS VON AUSLÄNDERN IN DEUTSCHLAND 2011
Männer
Helfer in der Lagerwirtschaft
Berufskraftfahrer
Maschinen- und Anlagenführer
Frauen
Reinigungskräfte
Fachkräfte im Gastronomieservice
Büro- und Sekretariatskräfte

Warum sind eigentlich so viele Ausländer nach Österreich und Deutschland gekommen?

In den 1960er- und 1970er-Jahren haben Deutschland und Österreich Menschen aus Ländern wie der Türkei oder dem ehemaligen Jugoslawien aktiv angeworben, weil es bei uns nicht mehr möglich war, in bestimmten Branchen die Arbeitsplätze mit Einheimischen zu besetzen. Wären keine Ausländer gekommen, dann hätten die Firmen zu wenige Arbeiter gehabt und hätten Aufträge ablehnen müssen. Durch die sogenannten Gastarbeiter konnten die Aufträge erfüllt werden, und dadurch war das »Wirtschaftswunder« der Nachkriegszeit mit Vollbeschäftigung und steigendem Wohlstand in der Bevölkerung überhaupt erst möglich. Während niedrig qualifizierte Arbeitskräfte aus dem Ausland – vor allem aus der Türkei, den Ländern des ehemaligen Jugoslawien oder aus Spanien – geholt wurden, um bei uns die einfachen, schlecht bezahlten Jobs zu erledigen, stiegen die hier Geborenen in der Hierarchie des Arbeitsmarktes auf.

Migranten besetzen aber nicht nur Arbeitsplätze. Viele Migranten schaffen bei uns neue Jobs: In Deutschland hat bereits jeder sechste

Unternehmer ausländische Wurzeln. Diese etwa 750.000 Selbstständigen schaffen ungefähr 2,2 Millionen Arbeitsplätze. In Österreich hatten 2013 fast 10 Prozent aller Unternehmer Migrationshintergrund.

Die Anwerbeabkommen

Während der 1950er- und 1960er-Jahre suchten Deutschland und Österreich gezielt nach ausländischen Arbeitskräften, um den Arbeitskräftemangel während der Hochkonjunktur zu beheben und das »Wirtschaftswunder« der damaligen Zeit nicht zu bremsen. Deutschland schloss sogenannte Anwerbeabkommen mit Italien (1955), Spanien (1960), Griechenland (1960), der Türkei (1961), Portugal (1964) und dem damaligen Jugoslawien (1968). Österreich unterzeichnete Anwerbeabkommen mit Spanien (1962), der Türkei (1964) und dem damaligen Jugoslawien (1966).

In den großen Städten wurden eigene »Anwerbestellen« eingerichtet, und als die vor allem männlichen Arbeiter mit Zügen nach Deutschland und Österreich kamen, wurden sie bereits an den Bahnhöfen in provisorischen »Arbeitsämtern« an interessierte Unternehmen vermittelt. Die allermeisten Gastarbeiter wollten nur wenige Jahre bleiben, wurden aber von der Wirtschaft für viele Jahre gebraucht und länger als zunächst geplant bei uns behalten. Klar holten diese Arbeiter dann auch ihre Familien zu sich ins neue Heimatland.

Ausländer machen also nicht arbeitslos. Aber sie sind meist die Ersten, die ihre Jobs verlieren, sobald es mit der Wirtschaft bergab geht. Das zeigt sich etwa in Italien. Dort haben zwischen 2008, dem Jahr, in dem die Wirtschaftskrise in Europa ausbrach, und 2012 etwa eine Million Ausländer das Land wieder verlassen.

Wie mobil eine Krise die Arbeitnehmer macht, sehen wir in Deutschland: Dort stammten fast 80 Prozent aller Migranten, die zwischen 2006 und 2011 ins Land kamen, aus europäischen Krisenstaaten. Insgesamt berechnete die »Organisation für wirtschaftliche Zusammenarbeit und Kooperation« (OECD), dass sich die

Arbeitslosenquote der im Ausland Geborenen in allen 34 OECD-Ländern zwischen den ersten drei Quartalen des Krisenjahrs 2008 und 2009 merklich erhöhte.

HERKUNFT AUSLÄNDISCHER ARBEITSKRÄFTE IN ÖSTERREICH, DEZEMBER 2014 (NACH STAATSBÜRGERSCHAFT)	
120.099	Ehemaliges Jugoslawien
88.126	Deutschland
62.567	Ungarn
54.228	Türkei
51.405	Tschechische Republik und Slowakei
34.427	Rumänien
31.855	Polen
11.361	Italien
2.446	Schweiz

Wieso sind Migranten stärker von Arbeitslosigkeit betroffen?

Dafür gibt es mehrere Gründe, bekannte und weniger bekannte: Zum einen kann das an mangelnden Deutschkenntnissen liegen. Zum anderen haben Migranten durchschnittlich niedrigere Bildungsabschlüsse. Aber das ändert sich gerade, denn mittlerweile ist der Prozentsatz der Akademiker unter Migranten höher als unter der inländischen Bevölkerung (siehe Kapitel 6).

Es gibt aber einen weiteren, kaum bekannten Grund: Die Migrationsbevölkerung ist im Gegensatz zur »einheimischen« Bevölkerung in Deutschland und Österreich sehr jung. Die zweite Generation der Migranten ist im Durchschnitt etwa 30 Jahre alt. Der Rest der Bevölkerung ist älter, das Schwergewicht liegt dort bei etwa 40 Jahren. Und mit 40 Jahren ist die Wahrscheinlichkeit, beschäftigt zu sein, statistisch gesehen am größten.

Und schließlich klagen zahlreiche Migranten und auch die Nachkommen einstiger »Gastarbeiter« darüber, auf dem Arbeitsmarkt aufgrund ihrer Herkunft diskriminiert zu werden. Ob das zutrifft? Eines zeigt sich jedenfalls klar: Wer als Migrant in Deutschland oder Österreich arbeitet, bekommt oft Jobs, die unter seiner Qualifikation liegen und schlechter bezahlt sind als die von Einheimischen im gleichen Job. Fast jeder dritte Zuwanderer in Deutschland hat einen Job, für den er zu gut ausgebildet ist. Unter den in Deutschland geborenen Personen mit Migrationshintergrund ist es jeder sechste. In der österreichischen Bundeshauptstadt Wien sind 34 Prozent der Migranten mit höherer Bildung als Hilfsarbeiter oder angelernte Arbeiter tätig.

Um Diskriminierungen auf dem Arbeitsmarkt zu minimieren, betreibt die deutsche Stadt Celle seit dem Jahr 2014 ein interessantes Projekt: Öffentliche Stellen werden nach einem anonymisierten Bewerbungsverfahren vergeben. Dafür werden Fotos sowie Namensangaben und weitere personenbezogene Informationen wie Geschlecht, Alter oder Herkunft aus den Bewerbungsunterlagen entfernt. Dadurch soll die Stelle ausschließlich nach dem Kriterium der Qualifikation vergeben werden. Seit es dieses Auswahlverfahren gibt, hat sich die Zahl der Migranten im öffentlichen Dienst messbar erhöht. »Man konzentriert sich darauf: Was hat die Person gemacht, welche Qualifikation bringt sie mit. Da leuchtet jemand, der mehrere Sprachen beherrscht, in einem ganz anderen Licht, wenn man nicht sehen kann, ob das jemand mit einem deutschen oder einem türkischen Hintergrund ist«,[12] erklärte der Oberbürgermeister von Celle zu diesem Auswahlverfahren.

4. Ausländische Sozialtouristen nutzen unseren Staat aus

Sozialtourismus ist weit weniger verbreitet als oft behauptet. Wer bei uns Sozialleistungen beziehen will, muss einen rechtmäßigen Wohnsitz im Land haben. Um einen solchen Wohnsitz in einem anderen EU-Land zu bekommen, muss man einen fixen Job oder ausreichende finanzielle Mittel nachweisen können. Genau das können arme Menschen nicht. Ausländer, die in Deutschland oder Österreich arbeiten, finanzieren übrigens unser Sozialsystem durch ihre Arbeit, Steuern und Abgaben mit.

Sie sind gekommen, um zu nehmen: Migranten, speziell aus den ärmeren EU-Ländern, bedienen sich aus unseren Sozialtöpfen. Wir dürfen dann die Zeche zahlen. Gibt es sie wirklich, die sogenannten Sozialtouristen?

Grundsätzlich muss ein EU-Bürger in einem anderen EU-Land arbeiten oder seinen dauerhaften Wohnort haben, um dort Sozialhilfe beziehen zu können. Einen dauerhaften Wohnsitz kann aber nur begründen, wer über ausreichende finanzielle Eigenmittel verfügt und das den Behörden nachweisen kann. Wer arm ist wie eine Kirchenmaus, kann es sich also nicht einfach so in einem wohlhabenderen EU-Land gemütlich machen.

›·······································

Wie finanziert sich der Sozialstaat?
Sozialleistungen werden durch die Beiträge finanziert, die Arbeitnehmer und Arbeitgeber bezahlen, sowie durch Steuern und Abgaben.

·······································‹

In Österreich müssen EU-Ausländer nach drei Monaten Aufenthalt eine »Anmeldebescheinigung« vorlegen. Diese belegt, dass man sich legal im Inland aufhält. Wer keine Anmeldebescheinung hat, kann ausgewiesen werden. 2013 gab es deshalb 101 Ausweisungen.

In den ersten drei Monaten ist ein EU-Aufnahmeland nicht verpflichtet, einem Bürger eines anderen EU-Staats Sozialhilfe zu bezahlen, danach nur bei einem ordentlichen Wohnsitz. Nur EU-Bürger, die fünf Jahre lang in einem anderen EU-Land leben, haben denselben Anspruch auf Sozialhilfe wie jeder andere Bürger dieses Landes. Schnell einmal die ganze Familie in den VW-Bus packen und von Rumänien oder Bulgarien zum deutschen oder österreichischen Arbeitsamt tuckern, um sich das Geld abzuholen, geht also nicht.

›·······································

»Nicht erwerbstätige Unionsbürger, die sich allein mit dem Ziel, in den Genuss von

Sozialhilfe zu kommen, in einen anderen Mitgliedstaat begeben, können von bestimmten Sozialleistungen ausgeschlossen werden.«
EuGH, 11.11.2014, RS C-333/13 (Jobcenter Leipzig)

Genauso wenig geht, dass ein Familienmitglied bei uns arbeitet und die gesamte Großfamilie dafür Sozialleistungen kassiert. Denn nur Arbeitnehmer und Selbstständige sowie ihre direkten Familienangehörigen (Ehefrau, Ehemann oder Kinder) sind in einem anderen EU-Land zu denselben Bedingungen sozialversichert wie die einheimische Bevölkerung. Das ist auch fair, schließlich zahlen arbeitende oder selbstständige EU-Migranten durch ihre Arbeit in diesem EU-Land auch dieselben Beiträge und Steuern wie Inländer.

Die Zahl der aus Rumänien oder Bulgarien stammenden Bezieher des deutschen Arbeitslosengeldes Hartz IV in Deutschland hat sich zwischen 2011 und 2013 auf 37.862 verdoppelt. Das klingt nach viel. Bedenkt man allerdings, dass insgesamt mehr als sechs Millionen Menschen in Deutschland Hartz IV beziehen, so beläuft sich der Anteil von Rumänen und Bulgaren auf lediglich 0,6 Prozent.

Diese aus Rumänien oder Bulgarien stammenden Bezieher von Hartz IV sind aber oft gar nicht arbeitslos. Im Juni 2013 waren etwa 36 Prozent von ihnen »Aufstocker«. Sie haben also gearbeitet. Ihr Gehalt war aber so niedrig, dass es vom Staat aufgestockt wurde.

Ausländern wird auch gerne Sozialbetrug vorgeworfen, etwa dass sie sich Sozialleistungen erschummeln.

Was ist Sozialbetrug?

Sozialbetrug begeht, wer staatliche Sozialleistungen bezieht, ohne einen Anspruch darauf zu haben. Sozialbetrug wäre zum Beispiel, Arbeitslosengeld zu beziehen, obwohl man einen Job hat, Krankengeld für eine vorgetäuschte Krankheit oder Familienbeihilfe für erfundene Kinder zu beziehen oder Bedürftigkeit vorzutäuschen, um Wohnbeihilfe beziehen zu können.

In Deutschland zeigt die bundesweite Kriminalstatistik des Jahres 2012, dass Sozialbetrug durch Rumänen und Bulgaren bei Weitem nicht so häufig ist wie oft vermutet. Im Jahr 2012 finden sich in der Kriminalitätsstatistik lediglich 112 Fälle von Verdacht auf Sozialleistungsbetrug durch Bürger aus Rumänien (74 Fälle) und Bulgarien (38 Fälle). Wie viele dieser Verdächtigungen auch tatsächlich berechtigt waren, ist unbekannt. Voraussichtlich ist die Zahl der Verurteilungen aber noch niedriger.

Für Österreich hat der Wissenschaftler Friedrich Schneider das Phänomen Sozialbetrug eingehend untersucht. Er kommt zu überraschenden Ergebnissen: In Österreich betrug das durchschnittliche Ausmaß des Sozialbetrugs im Jahr 2012 etwa 1,1 Milliarden Euro, bei der Schwarzarbeit beträgt der Schaden sogar 19,6 Milliarden Euro. Allerdings sind die Täter zu zwei Dritteln Inländer. Sie kennen das österreichische Sozialsystem besser und wissen, wo es etwas zu holen gibt. Bei den ausländischen Sozialbetrügern in Österreich stehen die Deutschen ganz weit vorne, weil diese gegenüber anderen Ausländern einen Sprachvorteil haben und von ihrem Heimatland ein ähnliches System kennen.

Trotzdem hält sich der Mythos vom Ausländer, der in krimineller Weise unsere Sozialleistungen abräumt: So wollte etwa die Freiheitliche Partei im Januar 2014 eine Rumänin entdeckt haben, die angeblich für 13 Kinder Familienbeihilfe kassierte. Bei Nachforschungen durch das Familienministerium stellte sich allerdings heraus, dass nur in einem einzigen Fall in Österreich Familienbeihilfe für 13 Kinder gewährt wird – und zwar einer Österreicherin für deren eigene Kinder.

Wohl nicht zuletzt aufgrund dieser und ähnlicher haarsträubender Geschichten, denen jegliche reale Grundlage fehlt, wurde das Wort »Sozialtourismus« in Deutschland im Jahr 2013 zum »Unwort des Jahres« gewählt.

5. Ausländer kriegen viel mehr Kinder als wir

Ausländer, die aus geburtenreicheren Ländern nach Deutschland oder Österreich kommen, bekommen zu Beginn auch bei uns mehr Kinder. Die Geburtenrate gleicht sich aber schon in der zweiten Generation an jene des neuen Heimatlands an. Außerdem ist die Herkunft nur ein Faktor. Einfluss auf die Geburtenrate haben bei Inländern gleich wie bei Ausländern auch der Bildungsgrad der Mutter und die wirtschaftliche Situation.

Ist doch logisch, dass es bald keine »echten« Deutschen und Österreicher mehr gibt. Ausländer kriegen schließlich viel mehr Kinder als wir. Überrollt uns der Migranten-Babyboom, oder ist er nur ein Mythos?

Überall Babyboom, nur bei uns nicht: In der Türkei bekommt jede Frau durchschnittlich 2,18 Kinder, im Kosovo 2,93. In Deutschland liegt die Fertilitätsrate, also die Zahl an Kindern, die jede erwachsene Frau durchschnittlich bekommt, bei 1,41, in Österreich bei 1,44 Prozent (2013). Da müsste es doch logisch sein, dass die Ausländer nicht nur in ihren Herkunftsländern, sondern auch bei uns mehr Kinder kriegen. Und wenn es so weitergeht, werden in einiger Zeit fast nur mehr Migrantenbabys zur Welt kommen.

Beispiel Wien, wo die meisten Migrantinnen und Migranten von ganz Österreich leben: In der österreichischen Bundeshauptstadt hatten im Jahr 2013 ganze 52,6 Prozent aller neugeborenen Babys eine Mutter, die selbst im Ausland zur Welt gekommen ist. Also überall nur mehr Migrantenkinder?

So einfach ist die Rechnung dann doch nicht. Denn bereits in der zweiten Generation, also wenn die Kinder der Einwanderer erwachsen sind, gleicht sich die Kinderzahl an das neue Heimatland an. Das bedeutet konkret: Durchschnittlich 18,5 Prozent der deutschen Frauen, die älter sind als 35 Jahre, haben drei oder mehr Kinder. Bei Frauen, die in Deutschland geboren sind, deren Eltern aber aus dem ehemaligen Jugoslawien eingewandert sind, trifft das nur auf 15,4 Prozent zu, bei Frauen der zweiten Generation mit griechischen Eltern sind es überhaupt nur 15 Prozent. Höher liegt diese Rate allerdings bei in Deutschland geborenen Frauen mit türkischen Eltern: Unter ihnen bekommen 34,2 Prozent drei oder mehr Kinder. Aber auch hier ist ein klarer Abwärtstrend erkennbar: Ihre Mütter, die in der Türkei zur Welt kamen und später als Migrantinnen der ersten Generation nach Deutschland zogen, hatten noch zu 58,8 Prozent drei oder mehr Kinder. Also bekommen auch Frauen mit türkischem Migrationshintergrund umso weniger Kinder, je länger sie bei uns sind.

Migrantinnen passen sich ihrem neuen Heimatland an. Das zeigen die unterschiedlichen Fertilitätsraten von Einwanderinnen aus der Türkei in verschiedenen europäischen Ländern. Bei einer Befragung von über 35-jährigen Frauen der zweiten Einwanderergeneration zeigte sich, dass diejenigen, die in Frankreich und den Niederlanden zur Welt gekommen sind, durchschnittlich zwei Kinder haben. Damit haben sie sich den dortigen Fertilitätsraten von 2,1 Kindern pro Frau in Frankreich und 1,72 Kindern pro Frau in den Niederlanden (2013) angepasst. Türkische Migrantinnen der zweiten Generation, die in Deutschland oder der Schweiz zur Welt gekommen sind, haben hingegen durchschnittlich nur 1,3 Kinder pro Frau, was sogar unter dem Wert von Deutschland (1,41) und der Schweiz (1,52) liegt.

Sophie und Max gegen Elif und Ali

Marie und Sophie für Mädchen, Alexander und Maximilian für Buben – die beliebtesten Vornamen in Deutschland[13] klangen auch 2014 noch sehr deutsch. In Österreich sieht es nicht anders aus. Dort lauten die beliebtesten Vornamen 2014 Anna, Hannah und Sophie sowie Tobias, Lukas und Maximilian.
Das Standesamt im Bezirk Neukölln in Berlin, wo im Jahr 2013 42,12 Prozent der Bewohner einen Migrationshintergrund hatten, verzeichnete im Jahr 2012 Ali auf Platz 1 der Vornamen-Bestenliste und Berat auf Platz 15. Bei den Mädchen kam Nur auf Platz 25 und Elif auf Platz 27.

In Österreich, wo es im Gegensatz zu Deutschland eine amtliche Namensstatistik aller neugeborenen Neo-Österreicher gibt, landete im Jahr 2013 Muhammed bei den beliebtesten männlichen Vornamen schon auf Platz 70, Ali auf Platz 107 und Mustafa auf Platz 110. Bei den Mädchen ist Elif mit Platz 81 recht weit vorne, gefolgt von Aylin auf Platz 124 und Azra auf Platz 127. In der Bundeshauptstadt Wien war Muhammed auf Platz 22 der beliebtesten Vornamen und Ali auf Platz 26, bei den Mädchen erreichte Elif Platz 27.

Wie viele Kinder eine Frau durchschnittlich bekommt, hängt aber nicht nur davon ab, in welchem Land sie (oder ihre Eltern) geboren ist, sondern von vielen verschiedenen Faktoren. Entscheidend ist auch die Schulbildung. Frauen mit Hochschulausbildung bekommen statistisch gesehen später und weniger Kinder als Frauen, die nur über einen Grundschulabschluss verfügen.

Geburtenraten sind auch von den ökonomischen und gesellschaftlichen Bedingungen abhängig. In der ehemaligen DDR war die Kinderzahl pro Frau bis 1989 höher als in Westdeutschland. Aufgrund der großen politischen, wirtschaftlichen und sozialen Umbrüche zwischen 1989 und 1994 sank sie rapide von 1,57 Kindern pro Frau auf 0,77. Seit 1995 steigt die Geburtenrate in den Ländern der ehemaligen DDR wieder.

GEBURTENRATE (KINDER PRO FRAU) IN AUSGEWÄHLTEN LÄNDERN (2013)
Kosovo: 2,93
Türkei: 2,18
Rumänien: 1,91
Serbien: 1,87
Bosnien und Herzegowina: 1,74
USA: 2,06
Schweden: 1,91
Schweiz: 1,52
Österreich: 1,44
Deutschland: 1,41
Niger: 7,6 (2012)
Mali: 6,9 (2012)

Welchen Einfluss die ökonomische Situation auf die Babyzahlen hat, zeigt sich auch in der derzeitigen Wirtschaftskrise: In Griechenland verringerte sich die Geburtenrate seit dem Ausbruch der Krise 2008 um 15 Prozent. Sie liegt derzeit bei 1,34 Kindern pro Frau.

Bei Migrantinnen aus Ländern wie der Türkei oder dem ehemaligen Jugoslawien fällt auf, dass sie durchschnittlich zwei Jahre früher als Deutsche und Österreicher eine Familie gründen und dass sie tendenziell ein konservativeres Familienbild haben als Deutsche ohne Migrationshintergrund. 65,9 Prozent der Migranten, aber nur 44,5 Prozent der Deutschen ohne Migrationshintergrund leben in einer klassischen Eltern-Kind-Familie. Eine Studie aus Österreich belegt auch, dass Migranten aus der Türkei und dem ehemaligen Jugoslawien viel seltener uneheliche Kinder bekommen. Kamen im Jahr 2013 41 Prozent der Kinder von Müttern ohne Migrationshintergrund unehelich zur Welt, so waren es bei Müttern mit serbischer Herkunft in Österreich nur 23 Prozent, bei jenen mit kosovarischer Herkunft 11 Prozent und bei Müttern mit türkischem Migrationshintergrund gar nur 4 Prozent. Bei deutschen Staatsbürgerinnen, die ihr Kind in Österreich zur Welt brachten, liegt die Zahl der unehelichen Kinder hingegen bei 44 Prozent, also nahe am österreichischen Wert.

Aber wenn es nicht die Migrantinnen sind – welche Personengruppe kriegt denn wirklich die meisten Kinder? Für Deutschland fehlt eine derartige Studie. In Österreich zeigt eine wissenschaftliche Publikation aus dem Jahr 2010, dass eine Personengruppe bei der Größe der Kinderschar ganz klar vorne liegt: die Bäuerinnen. Auch sie kriegen heute mit durchschnittlich 2,5 Kindern pro Frau (Zahl aus dem Jahr 2008) weniger Nachwuchs als noch im Jahr 1996, als jede Bäuerin durchschnittlich drei Kinder hatte. Mit 2,5 Kindern liegen sie aber immer noch weit über dem Durchschnitt.

6. Ausländer sind viel weniger gebildet als wir

Kinder und Jugendliche mit Migrationshintergrund erbringen durchschnittlich schlechtere Schulleistungen als Kinder ohne Migrationshintergrund. Ein schlechtes Abschneiden in der Schule kann aber nicht auf die ethnische Herkunft reduziert werden, sondern ist Folge verschiedener, neben sprachlicher auch sozialer Faktoren. Im Übrigen ist der unterschiedliche Bildungserfolg nicht nur auf Migranten beschränkt: Auch Kinder ohne Migrationshintergrund, deren Eltern höchstens einen Pflichtschulabschluss haben, haben durchschnittlich schlechtere Noten als Akademikerkinder. Zudem holen Migranten im Bildungsbereich stark auf: Die Akademikerquote von Migranten liegt mittlerweile über jener der einheimischen Bevölkerung.

Es kommen einfach die falschen Ausländer zu uns. Nämlich die ungebildeten. Und deren Kinder erst! Ausländerkinder sind viel schlechter als unsere Schulkinder und machen die Schulen kaputt. Wie gebildet sind Migranten und ihr Nachwuchs tatsächlich?

Die gute Nachricht: Im Bildungsbereich holen Migranten stark auf. Unter den Einwanderern, die seit dem Jahr 2000 nach Deutschland gekommen sind, haben 22 Prozent einen Hochschulabschluss, doppelt so viele wie in den 1990er-Jahren. Das ist übrigens ein höherer Wert als unter der inländischen Bevölkerung.

In Österreich liegt die Akademikerquote unter den 25- bis 64-jährigen Migranten bei 18,6 Prozent, unter den Österreichern ohne Migrationshintergrund knapp darunter bei 18,4 Prozent.

SCHULABSCHLÜSSE IN DEUTSCHLAND (2012)
Hauptschulabschluss
Ausländer: 33,1 %
Deutsche: 16,6 %
Realschulabschluss
Ausländer: 37,7 %
Deutsche: 39,8 %
Allgemeine Hochschulreife
Ausländer: 16,2 %
Deutsche: 37 %
Keine abgeschlossene Ausbildung
Ausländer: 30,5 %
Deutsche: 10,9 %

Die schlechte Nachricht: Immer noch kommen etwa 10 Prozent der Migranten ohne jeglichen Bildungsabschluss nach Deutschland. Auch brechen viel mehr ausländische als inländische Jugendliche die Schule oder Berufsausbildung ab.

Auch in Österreich besuchte im Jahr 2011 jeder fünfte Migrant zwischen 16 und 24 Jahren weder die Schule, noch machte er eine Ausbildung oder hatte zumindest sonst einen Arbeitsplatz.

SCHULABBRECHER
in Deutschland
Ausländer: 11,4 Prozent
Deutsche: 4,9 Prozent
in Österreich
Fremdsprachige: 13 Prozent
Deutschsprachige: 4 Prozent

Kinder und Jugendliche mit Migrationshintergrund haben also tendenziell eine schlechtere Schulausbildung und weniger oft einen Berufsabschluss.

Gerade im Bildungsbereich ist es aber Blödsinn, von »den« Ausländern zu sprechen. So berichtete die Tageszeitung *Die Welt* im Jahr 2011, dass die besten deutschen Schüler aus Vietnam stammen. Auch Migranten aus Polen oder Russland haben oft ein sehr hohes Bildungsniveau.

AKADEMIKERQUOTEN
in Deutschland (2014)
Ausländer: 39 Prozent
Inländer: 22 Prozent
in Österreich (2013)
Ausländer: 20,9 Prozent
Inländer: 15,6 Prozent
im OECD-Durchschnitt (2013)
32 Prozent

Am unteren Ende der Skala finden sich in Deutschland und Österreich die Nachkommen türkischer Gastarbeiter. Sie schneiden bei Bildungsvergleichen regelmäßig besonders schlecht ab. Besonders schwer tun sich türkischstämmige Frauen: In Deutschland haben 60

Prozent der 30- bis 35-jährigen Frauen mit türkischem Migrationshintergrund keinen Berufsabschluss.

In Österreich sieht es ähnlich aus: Hier haben 64 Prozent aller türkischstämmigen Menschen zwischen 24 und 65 Jahren lediglich einen Pflichtschulabschluss. Das ist fast sechsmal so viel wie unter Österreichern ohne Migrationshintergrund (12 Prozent). Allerdings holen auch die Nachkommen türkischer Gastarbeiter auf: Besuchten im Jahr 2006 erst 11 Prozent aller türkischstämmigen Kinder in Österreich ein Gymnasium, so waren es 2010 schon 14 Prozent.

»Ich geh Schule« – Machen Ausländerkinder unser Deutsch kaputt?

Sätze wie »Was guckst du« oder »Gehst du Bus oder bist du mit Fahrrad?« hört man immer wieder, wenn sich Migrantenkids auf Deutsch unterhalten. Die Wissenschaft nennt so etwas »Ethnolekt«, was einen bestimmten Sprechstil einer ethnischen Gruppe beschreibt. Bekannte Bezeichnungen sind »Türkendeutsch«, »Ghettoslang«, »Kiezdeutsch« (»Kiez« bezeichnet in Städten wie Berlin einzelne Stadtviertel, im Wienerischen wäre eine ähnliche Bezeichnung »Grätzeldeutsch«) oder »Kanak Sprak«, wie der türkischstämmige deutsche Schriftsteller Feridun Zaimoğlu seine 1995 erschienene Erzählung nannte. Der Begriff »Kanak Sprak« bezieht sich auf die rassistisch gemeinte Bezeichnung »Kanaken« für türkischstämmige Migranten. Heute steht er für ein rudimentäres, mit türkischen Wörtern und Satzstücken durchsetztes Deutsch mit einer vereinfachten Grammatik: eben »Gehst du Schule?« oder »Kommst du mit Klo?«. Aber sind es tatsächlich nur Migranten, die so ein Deutsch sprechen und dadurch die Regeln der deutschen Grammatik aushebeln? Die deutsche Sprachwissenschaftlerin Diana Marossek hat das Sprachverhalten von Schülern in Berlin untersucht. Ihr Ergebnis: Die neudeutsche Jugendsprache ist zwar durch den Einfluss migrantischer Jugendlicher entstanden und zeichnet sich dadurch aus, dass sie ähnlich wie die türkische Grammatik auf Artikel und Präpositionen verzichtet. Gesprochen wird sie aber quer durch die Stadt – auch in Schulen, die nicht von Migrantinnen besucht werden. Schüler ohne Migrationshintergrund wenden diese Jugendsprache an, weil sie als cool gilt. Selbst im Lehrerzimmer hörte die Sprachwissenschaftlerin Sätze wie »Ich geh Kopierer«. Allerdings falle es Jugendlichen mit niedrigem Bildungsgrad schwerer als anderen, vom Ethnolekt auf Hochsprache umzustellen. Und das betrifft wiederum vor allem Migrantenkinder.

Mittlerweile hat der Ethnolekt den Schritt aus dem Jugendzimmer in den Mainstream geschafft. So warb etwa die Elektrowarenkette Saturn 2012 mit dem Slogan »So muss Technik«.

In Deutschland schaffen es immerhin 25 Prozent der in Deutschland geborenen Nachkommen türkischer Migranten bis zum Abitur. Das ist aber nur etwas mehr als die Hälfte jener 43 Prozent an Schülern ohne Migrationshintergrund, die ebenfalls Abitur machen. Dass Kinder mit türkischem Migrationshintergrund sich in der Schule schwerer tun, ist aber nicht genetisch bedingt. In Schweden lässt sich nämlich das genaue Gegenteil beobachten. Auch dort hatte die erste Generation der »Gastarbeiter« zu 29 Prozent einen Mittelschulabschluss und zu 48 Prozent nur einen Volksschulabschluss. Schweden hat aber seine Migranten schon vor 40 Jahren während der Arbeitszeit in kostenlose Sprachkurse geschickt. Das Ergebnis: Die Nachkommen dieser Migranten sind besser gebildet und haben den sozialen Aufstieg weit besser geschafft, als dies auf Deutschland und Österreich zutrifft.

Wer macht in Österreich nach der Pflichtschule eine weiterführende Ausbildung?

94 Prozent aller Jugendlichen mit in Österreich geborenen Eltern

88 Prozent aller Jugendlichen mit in Bosnien-Herzegowina geborenen Eltern

77 Prozent aller Jugendlichen mit in Serbien geborenen Eltern

70 Prozent aller Jugendlichen mit in der Türkei geborenen Eltern

Wieso scheitern Kinder und Jugendliche mit Migrationshintergrund leichter am Bildungssystem als andere? Dafür gibt es verschiedene Gründe. Zum Beispiel diese:

1. Eine hochwertige frühkindliche Förderung hat einen großen Einfluss auf den weiteren Bildungsverlauf. Deutsche Studien zeigen, dass von türkischsprachigen Kindern, die mehr als drei Jahre lang einen Kindergarten besuchten, nur 19 Prozent in der Schule Sprachförderung benötigten. Von den türkischsprachigen Kindern, die nur ein Jahr im Kindergarten waren, benötigten hingegen 61 Prozent eine solche Förderung. Allerdings besuchen Kinder mit Migrationshintergrund seltener den Kindergarten als einheimische Kinder. Während in Deutschland 32,7 Prozent aller Unter-Dreijährigen ohne Migrationshintergrund einen Kindergarten besuchten, trifft das nur auf 15,8 Prozent der Kinder mit Migrationshintergrund zu. Auch bei den Drei- bis Sechsjährigen gehen einheimische Kinder öfter in den Kindergarten als Migrantenkinder (96,3 Prozent zu 87 Prozent).

   Das liegt aber weniger an der Tatsache, dass die Eltern Migranten sind, sondern am niedrigen Bildungsgrad. Das zeigt jedenfalls die deutsche Studie: Während mehr als die Hälfte der Null- bis Dreijährigen aus Akademikerhaushalten im Jahr 2012 eine Krippe besuchten, waren es bei Eltern mit lediglich Hauptschul- oder gar keinem Schulabschluss nur 18,8 Prozent. In Österreich ist die Kluft noch größer: 84 Prozent der Akademiker schicken ihre Kinder in Krippen und Kindergärten, aber nur 33 Prozent der Eltern mit Pflichtschulabschluss. Ob der frühe Start in die Bildung erfolgreich ist oder nicht, ist also weniger eine ethnische Frage als vielmehr eine soziale.

   Aber natürlich hat auch die Herkunft Auswirkungen: So besuchte etwa in der Türkei im Jahr 2002 nur etwa jedes achte Kind einen Kindergarten. Die dort vorherrschende Einstellung, dass kleine Kinder in der Familie betreut werden sollen, ist auch in der Migration zumindest in der ersten Generation prägend.

2. Bildung wird in Ländern wie Österreich und Deutschland noch immer vererbt. Eltern mit hohem beruflichem Status schicken ihren Nachwuchs viel häufiger aufs Gymnasium als Eltern, die selbst (Fach-)Arbeiter sind – auch wenn die Kinder dieselben schulischen Leistungen erbringen.

   In Österreich wechseln bei gleich guten Noten in Mathematik und Deutsch 80 Prozent aller Akademikerkinder ins Gymnasium, aber nur 50 Prozent aller Kinder von Eltern mit keinem oder höchstens Pflichtschulabschluss. Diese Ungleichheit setzt sich fort: Während 53 Prozent aller Akademikerkinder die Universität besuchen, sind es unter den Kindern, deren Eltern höchstens einen Pflichtschul- oder Lehrabschluss haben, nur 5 Prozent.

ANTEIL DER KINDER MIT NICHT-DEUTSCHER UMGANGSSPRACHE NACH SCHULTYPEN IN ÖSTERREICH (2013/14)[14]
in Volksschulen: 26,72 Prozent
in Hauptschulen: 20 Prozent
in Neuen Mittelschulen: 28 Prozent
in Gymnasien (Unterstufe): 16,96 Prozent
in Gymnasien (Oberstufe): 15,92 Prozent
in Sonderschulen: 31 Prozent
Anteil der fremdsprachigen Schüler insgesamt: 21,48 Prozent

3. Das Schulsystem in Deutschland und Österreich baut darauf auf, dass die Eltern mitarbeiten. Eltern mit Migrationshintergrund und niedriger Bildung fehlen dazu aber die sprachlichen und finanziellen Möglichkeiten. Sie können nicht so gut bei den Hausübungen helfen wie Eltern deutscher Muttersprache. Und sie verdienen im Durchschnitt weniger und können sich deshalb schwerer Nachhilfe für ihre Kinder leisten.

4. Noten sind nicht immer gerecht: In Deutschland hatten Kinder von Akademikern im Jahr 2011 eine 3,4-mal höhere Chance, von ihrem Lehrer eine Empfehlung ins Gymnasium zu erhalten als Kinder von Arbeitern – selbst bei gleich guten Noten. In Österreich bekamen laut einer Studie aus dem Jahr 2011 Kinder aus Akademikerhaushalten bei gleicher Lesekompetenz doppelt so oft ein Sehr Gut in Deutsch wie Kinder von Pflichtschulabsolventen.
5. Der deutsche Integrationsbericht 2014 zeigt auf, dass bildungsnahe Familien Schulen meiden, die vor allem von Kindern mit Migrationshintergrund und von Kindern aus sozial schwachen Familien besucht werden. Dadurch besuchen in Deutschland 40 Prozent aller Grundschüler mit Migrationshintergrund leistungsschwache Schulklassen. Unter den Grundschülern ohne Migrationshintergrund sind es nur 5,7 Prozent.

Es gibt aber auch positive Veränderungen: In Wien haben mittlerweile mehr als die Hälfte der Mitte der 1990er-Jahre Zugewanderten Matura. Beendeten im Jahr 2004 noch fast 37 Prozent aller Ausländer in Österreich ihre Schullaufbahn mit einem Pflichtschulabschluss, waren es 2013 nur mehr 27,7 Prozent.

Auch in Deutschland legen Kinder mit Migrationshintergrund zu. Das zeigt etwa das Beispiel Hamburg: Im Jahr 2010 machten dort 33,1 Prozent der Schüler mit Migrationshintergrund Abitur, 2013 waren es schon 41 Prozent. Gleichzeitig sank der Anteil der Schüler mit Migrationshintergrund, die keinen Schulabschluss erreichen, von 11,2 auf 8,7 Prozent. Das ist zwar immer noch fast jeder neunte Schüler, aber es ist ein klarer Fortschritt erkennbar.

7. Ausländer sind viel kriminеller als wir

Zwar ist der Anteil ausländischer Verurteilter an der Gesamtzahl der verurteilten Straftäter zweimal (Deutschland) bzw. dreimal (Österreich) so hoch wie der Ausländeranteil an der Wohnbevölkerung. Das bedeutet aber nicht, dass Ausländer krimineller sind als Inländer. Denn viele Straftaten werden von Ausländern verübt, die nicht bei uns wohnen. Die ausländische Wohnbevölkerung ist strafrechtlich nicht auffälliger als Inländer. Menschen werden nicht kriminell, weil sie Ausländer sind, sondern weil sie sich in Situationen befinden, die Kriminalität generell fördern (z.B. Arbeitslosigkeit). Ausländer befinden sich besonders häufig in solchen Situationen. Ausländer, die im Inland Wohnung und Arbeit haben, sind sogar rechtstreuer als Inländer. Wer Ausländerkriminalität bekämpfen will, sollte sich also besonders für die Integration von Ausländern einsetzen.

Sie prügeln, stehlen und betrügen: Fast täglich berichten Zeitungen über ausländische Straftäter. Viele Menschen fürchten eine aus dem Ruder laufende Ausländerkriminalität. Sind Migranten wirklich krimineller als Inländer?

Tatsächlich weisen Ausländer in Österreich und Deutschland auf den ersten Blick statistisch eine höhere Kriminalitätsrate auf als Inländer.[15] 2011 waren 22 Prozent aller in Deutschland strafgerichtlich Verurteilten Ausländer.[16] Ihr Anteil an der deutschen Wohnbevölkerung betrug aber nur 9 Prozent.[17] Der Ausländeranteil an verurteilten Straftätern war also mehr als doppelt so hoch als der Ausländeranteil an der Wohnbevölkerung.

In Österreich sind diese Zahlen noch auffälliger. 35 Prozent aller im Jahr 2013 von österreichischen Strafgerichten verurteilten Personen hatten keine österreichische Staatsbürgerschaft. Aber nur zwölf Prozent der österreichischen Wohnbevölkerung waren Ausländer.[18] Sind also Zuwanderer in Österreich dreimal öfter straffällig als Österreicher?

Auch in Deutschland gibt es ähnliche Rechnungen. Auf den ersten Blick scheint diese Logik auch bestechend. Auch an der Qualität der Daten gibt es keine Zweifel, schließlich stammen sie von den Statistischen Ämtern des Bundes (Deutschland) bzw. von der Statistik Austria, die diese Daten direkt von den Strafverfolgungsbehörden erhalten.

Die Zahlen stimmen also. Aber der aus ihnen gezogene Schluss ist falsch. Er vergleicht eine Gruppe, deren Mitglieder nicht alle bei uns wohnen (die Zahl der Straftäter), mit einer Gruppe, die hier wohnt (dem Ausländeranteil an der Wohnbevölkerung). Das und andere Faktoren verzerren das Ergebnis. »Statistik in dieser Form ist Lüge«, urteilte die *Süddeutsche Zeitung* schon vor 25 Jahren über solche Schnellschüsse.[19]

Nicht jeder Straftäter wohnt bei uns

Ausgangspunkt der Vergleiche zur Ausländerkriminalität ist der Anteil der strafgerichtlich verurteilten Ausländer an der Gesamtzahl der verurteilten Personen. Diese Gruppe setzt sich aus verschiedenen

Tätergruppen zusammen. Manche entsprechen dem Bild des kriminellen Ausländers mehr (z.B. Einbrecher, Drogendealer, Terroristen), andere weniger. Wer denkt bei Ausländerkriminalität schon reflexartig an:

- betrunkene Ski-Touristen, die beim Après-Ski eine Prügelei anzetteln;
- ausländische Geschäftsreisende, die auf einer Dienstfahrt in Österreich einen Autounfall mit Toten oder Verletzten verursachen;
- einen österreichischen Journalisten, der in einer deutschen Zeitung gegenüber einem Politiker eine strafbare Beleidigung begeht?

Ausländerkriminalität ist vielfältig. Den typischen kriminellen Ausländer gibt es nicht. Die Täter sind manchmal arm, manchmal reich, sie sind arbeitslos, Unternehmer, Asylwerber, Gastprofessoren oder Wissenschaftler. Manche leben hier, andere machen hier Urlaub. Und wieder andere kommen tatsächlich in der Absicht, hier eine Straftat zu begehen. Sie haben nur eine Gemeinsamkeit: Ihnen fehlt die inländische Staatsbürgerschaft.

Die Behauptung der zwei- bzw. dreimal so kriminellen Ausländer vergleicht diese Gruppe mit dem Ausländeranteil an der Wohnbevölkerung. Aber unsere Gerichte verurteilen auch Straftäter, die hier keinen Wohnsitz haben. Ihre Zuständigkeit bemisst sich nämlich nach dem Ort der Tathandlung. Das bedeutet, dass unsere Gerichte auch ausländische Autofahrer verurteilen, die auf der Durchreise einen Verkehrsunfall verursacht haben. Und das, obwohl diese Autofahrer keinen einzigen Tag bei uns gewohnt haben. Sie vergrößern die Gruppe ausländischer Verurteilter, fallen aber nicht in jene der ausländischen Wohnbevölkerung. Dasselbe gilt für betrunkene Ski-Touristen, randalierende Fußballrowdys aus dem Ausland, Geschäftsreisende oder »Kriminaltouristen«. Wer im Inland verurteilt wird, muss hier keinen Wohnsitz haben, zählt also nicht unbedingt zur ausländischen Wohnbevölkerung. Deshalb lassen sich die Ausländeranteile an verurteilten Straftätern und an der Wohnbevölkerung nicht direkt vergleichen.

Die deutsche polizeiliche Kriminalstatistik zeigt, dass etwa 30 Prozent der ausländischen Tatverdächtigen nicht in Deutschland wohnen. Fast ein Drittel der Ausländerkriminalität geht also auf das Konto von Touristen, Geschäftsreisenden oder reisenden Profi-Kriminellen.[20] Zieht man diese Straftaten von der gesamten Ausländerkriminalität ab (und ermittelt so die von im Inland wohnenden Ausländern begangenen Straftaten), kann man diese Zahl mit dem Ausländeranteil an der Wohnbevölkerung vergleichen. Das Ergebnis: Die ausländische Wohnbevölkerung ist nur unerheblich mehr kriminalitätsbelastet als die Inländer.

In Österreich ist dieser Effekt noch stärker. Hier machen die nicht integrierten Ausländer (Touristen, Asylwerber, Ausländer ohne Beschäftigung und Ausländer ohne rechtmäßigen Aufenthalt) 60 Prozent aller nicht-österreichischen Tatverdächtigen aus. Hingegen beträgt der Anteil integrierter Ausländer (Arbeiter, Selbstständige, Schüler, Studenten sowie Ausländer, die österreichische Familienangehörige haben) lediglich 9,7 Prozent aller Tatverdächtigen (Österreicher und Nicht-Österreicher).[21] Und das bei knappen 10 Prozent Anteil an der Wohnbevölkerung. Die Kriminalität integrierter Ausländer ist also gegenüber jener der Inländer völlig unauffällig.

Wer Ausländer als doppelt oder dreimal krimineller als Inländer bezeichnet und zum »Beweis« auf den im Vergleich zu ihrem Wohnbevölkerungsanteil höheren Anteil an ausländischen Verurteilten anführt, beweist also gar nichts. Er legt bloß seine Unkenntnis in statistischem Grundlagenwissen bloß, indem er Äpfel mit Birnen vergleicht.

Durchschnittstypen: jung, männlich, arm, urban

In der Statistik verstecken sich aber noch andere Faktoren, die ein schlechtes Licht auf Ausländer werfen. Zum Beispiel die unterschiedliche Bevölkerungsstruktur. Ausländer sind im Durchschnitt jünger als Inländer. Auch ihr Männeranteil ist höher.

Warum ist das wichtig? Weil weltweit immer dieselbe Gruppe besonders kriminalitätsbelastet ist: die 20- bis 40-jährigen Männer. Bevölkerungsteile, die besonders viele junge Männer aufweisen, sind schon allein aus diesem Grund mit einer höheren Kriminalitätsquote belastet.

Was zunächst wie eine soziodemografische Spitzfindigkeit klingt, beeinflusst die Statistik zur Ausländerkriminalität stark. Denn fast drei Viertel aller polizeilich erfassten Tatverdächtigen sind männlich.[22] Eine deutsche Studie hat bestätigt: Durch den Geschlechtereffekt (mehr Männer) überhöht sich die Kriminalitätsbelastung der Ausländer gegenüber der deutschen Wohnbevölkerung um 9 Prozent, durch den Alterseffekt (mehr jüngere Menschen) sogar um 33 Prozent.[23]

Auch die soziale Lage verzerrt die Statistik zulasten der Ausländer. Je schlechter jemandes soziale Lage ist, je weniger Geld und Aufstiegsmöglichkeiten ein Mensch hat, desto eher gerät er mit dem Strafrecht in Konflikt. »Unterschicht« erzeugt Kriminalität. Das gilt für Inländer und Ausländer gleichermaßen. Bloß ist die soziale Lage von Ausländern im Durchschnitt deutlich schlechter als jene von Inländern. Insbesondere der Zugang zu legalem Einkommen hilft bei der Verbesserung der sozialen Lage. Wer keine Möglichkeit hat, legal Geld zu verdienen, wird besonders häufig straffällig. Legale Verdienstmöglichkeiten fehlen insbesondere Fremden mit unsicherem Aufenthaltsstatus (z.B. Asylwerbern) sowie Personen, die nur auf dem Papier als Touristen hier sind (tatsächlich aber Arbeit suchen). Es sind auch vor allem diese arbeitsuchenden »Touristen«, die besonders häufig als Täter von Vermögensdelikten ermittelt werden (Diebstahl, Einbruch), während integrierte Fremde mit legaler Verdienstmöglichkeit bei diesen Delikten kaum eine Rolle spielen.[24]

Auch der Wohnort beeinflusst die Kriminalitätsrate. Wer in der Stadt wohnt, wird statistisch gesehen eher straffällig als Landbewohner. Auch das gilt für Ausländer und Inländer gleichermaßen. Aber wo leben Ausländer in Deutschland und Österreich überwiegend? In Ballungszentren, und zwar fast doppelt so häufig wie Inländer. Das erhöht die Kriminalitätsbelastung von Ausländern um 12 Prozent. Würden Ausländer gleich häufig am Land wohnen wie Inländer, wäre ihre Kriminalitätsrate um 12 Prozent niedriger.[25]

Es gibt also viele Faktoren, die auf die Kriminalitätsanfälligkeit von Menschen Einfluss haben. Dazu zählen Alter, Geschlecht, sozialer Status und Lebensumfeld (bzw. Wohnort). Die Unterscheidung, ob man Inländer oder Ausländer ist, gehört nicht dazu.

Sind Asylwerber besonders kriminell?
In Österreich gerät jeder dritte Asylwerber mit dem Strafrecht in Konflikt. Diese Zahl ist erschreckend hoch. Aber auch hier lohnt genaues Hinsehen.
Die meisten Straftaten von Asylwerbern sind kleine, einmalige Vergehen (z.B. Ladendiebstahl). Das relativiert nicht nur die Bedrohung durch Asylwerber. Es zeigt auch, dass sich Asylwerber oft nur in einer Notlage oder in besonders »günstigen« Situation haben hinreißen lassen.
Gerade Asylwerber sind in vielen Belangen besonders schlecht gestellt. Sie sind besonders arm, von fast allen legalen Erwerbsquellen ausgeschlossen und vor allem in Ballungszentren untergebracht. Diese Faktoren würden die Wahrscheinlichkeit einer Straftatbegehung bei jedem Menschen erhöhen – nicht nur bei Asylwerbern.

Recht statt Gnade

Noch ein Punkt verzerrt die nackten Zahlen. Die Statistik erfasst nur jene Kriminalität, die für die Behörden »sichtbar« wird. Das geschieht durch Anzeigen. Es werden aber bei Weitem nicht alle Straftaten angezeigt.

Die angezeigten, »sichtbar« gewordenen Straftaten nennt die Kriminalsoziologie »Hellfeld«, während die nicht angezeigten, »im Dunkeln gebliebenen« Straftaten das »Dunkelfeld« bilden. Wie hoch der Anteil der bekannten Straftaten ist (Hellfeld), hängt von zwei Faktoren ab: der Kontrolldichte und dem Anzeigeverhalten.

Bei manchen Delikten unterliegen Ausländer einer höheren Kontrolldichte als Inländer. Bei Ausübung solcher Delikte werden ausländische Täter deshalb eher erwischt als Inländer. Aus diesem Grund ist das Hellfeld in Bezug auf ausländische Täter größer als bei inländischen Tätern. Das hat zur Folge, dass selbst bei einer gleich hohen Kriminalitätsrate von Ausländern und Inländern die Statistik für Ausländer eine höhere Kriminalitätsrate abbilden würde als für Inländer.

Kontrolle wegen Hautfarbe – logisch oder rassistisch?
In Berlin erfolgt der Straßenverkauf von Drogen häufig durch junge Asylwerber afrikanischer Herkunft. Das weiß auch die Polizei, die ihre Aufmerksamkeit deshalb besonders auf Personen mit dunkler Hautfarbe lenkt. Ein auch medial beachteter Brennpunkt der letzten Jahre ist der Görlitzer Park. Wer wird wohl eher die Aufmerksamkeit verdeckter Ermittler wecken: eine Person schwarzer Hautfarbe ohne Deutschkenntnisse oder eine Person weißer Hautfarbe mit hörbarer »Berliner Schnauze«, beide wiederholt und auffällig den Blickkontakt mit Passanten suchend? Die Wahrscheinlichkeit, von Suchtgiftfahndern einer Personenkontrolle unterzogen zu werden, ist für die Person schwarzer Hautfarbe weitaus höher. Dementsprechend höher ist auch die Wahrscheinlichkeit, dass ein Dealer schwarzer Hautfarbe bei seinem »Geschäft« erwischt wird (und in die Kriminalstatistik als »krimineller Ausländer« eingeht), während der inländische Dealer bessere Chancen hat, unentdeckt zu bleiben.[26]

Ähnlich wirkt das Anzeigeverhalten. Je mehr Straftaten angezeigt werden, desto mehr Taten wandern vom Dunkel- ins Hellfeld. Tätergruppen, die besonders oft angezeigt werden, sind deshalb bei gleich häufiger Tatbegehung im Hellfeld häufiger vertreten als Tätergruppen, bei denen häufiger auf eine Anzeige verzichtet wird. Und eben hier spießt sich der Vergleich von Inländern mit Ausländern. Das Anzeigeverhalten gegenüber Inländern unterscheidet sich nämlich stark von jenem gegenüber Ausländern. Denn Ausländer werden nicht nur häufiger zu Unrecht oder bloß wegen kleiner Delikte angezeigt. Dunkelfeldstudien legen nahe, dass Ausländer auch viel eher angezeigt werden als Inländer in derselben Situation. Besonders hoch ist die Anzeigeneigung bei Straftaten, bei denen das Opfer Inländer und der Tatverdächtige ausländischer Herkunft ist. Während lediglich ein Fünftel aller deutschen Täter angezeigt wird, trifft das auf ein Drittel der Straftaten ausländischer Täter zu.[27] Im Klartext:

Ausländische Straftäter werden eineinhalbmal eher angezeigt als inländische. Inländische Straftäter haben also eine weit bessere Chance als ausländische Straftäter, der Strafverfolgung zu entkommen. Von 100 inländischen Straftätern gelangen rund 20 als Straftäter in die Kriminalstatistik, von 100 ausländischen Straftätern jedoch 30. Das wirkt in der Statistik verzerrend zulasten der Ausländer. Ein direkter Vergleich von Kriminalitätsraten von Inländern und Ausländern ist auch aus diesem Grund unredlich.

SELEKTIVES ANZEIGEVERHALTEN		
Täter	Opfer	Anzeigewahrscheinlichkeit
deutsch	deutsch	19,5 Prozent
ausländisch	deutsch	29,3 Prozent
deutsch	ausländisch	18,9 Prozent

»Böse« Inländer – »brave« Ausländer?

Bereinigt man die Statistik um alle Verzerrungsfaktoren, sind Ausländer gar nicht krimineller als Inländer. Trotzdem behaupten viele unter Berufung auf statistische Daten eine einfache Rollenverteilung: »Brave« Inländer werden von »bösen« Ausländern bestohlen, beraubt und bedroht. Studien, die sich vertiefend mit Ausländerkriminalität beschäftigen, kommen zu einem ganz anderen Schluss. Unter gewissen Umständen sind Ausländer sogar rechtstreuer, also »braver« als Inländer.

Der Kriminalsoziologe Arno Pilgram hat die Ausländerkriminalität in Wien eingehend untersucht. Im Ergebnis waren zumindest integrierte Ausländer strafrechtlich unauffälliger als die Durchschnittswiener. Und das, obwohl die Ausländer im Schnitt jünger und sozial schlechter gestellt waren, also anhand üblicher Erfahrungswerte eine höhere Kriminalitätsbelastung hätten aufweisen müssen. Auf nicht integrierte Ausländer hingegen trifft das nicht zu. Pilgram vermutet, dass die Stadt – trotz angeblicher Ausländerghettobildung – günstige Integrationsvoraussetzungen schafft.[28]

Was aber unterscheidet integrierte von nicht integrierten Ausländern? Pilgram trennt die beiden Gruppen anhand zweier einfacher Kriterien: Job und Wohnung. Wer keine Arbeit und kein

Zuhause hat, muss sich oft schon aus purer Not auf kriminellem Weg durchs Leben schlagen. Wer beides hat, erliegt krimineller Versuchung gleich selten oder seltener als die Inländer.

Auch für Deutschland gehen Wissenschaftler davon aus, dass Arbeitsmigranten und ihre Familien seltener kriminell werden, als dies ihrem Anteil an der Wohnbevölkerung entsprechen würde.[29] Vergleicht man Arbeitsmigranten und ihre Familien mit der inländischen Erwerbsbevölkerung, zeigt sich nämlich genau das Gegenteil dessen, was das ständige Warnen vor kriminellen Ausländern vermuten lassen würde: Obwohl Arbeitsmigranten einen erheblich höheren Anteil an Un- und Angelernten haben (was ihren sozialen Status drückt und ihre Kriminalitätsbelastung erhöhen müsste), weisen sie keine höhere Kriminalitätsbelastung auf als die inländische Erwerbsbevölkerung.[30] Arbeitsmigranten sind offenbar gesetzestreuer als Inländer mit vergleichbarem Sozialprofil.

Das gilt übrigens auch für die Schweiz[31]: Es wäre »angesichts der durchschnittlich niedrigeren Stellung der ausländischen Wohnbevölkerung eine im Vergleich mit Schweizerinnen und Schweizern höhere Verurteiltenbelastung zu erwarten. Dies ist nicht der Fall; vielmehr scheint die Gruppe der ausländischen Wohnbevölkerung als hoch konform.«[32]

Soziologen haben die Ursache für die besondere Rechtstreue von Arbeitsmigranten gesucht und gefunden. Arbeitsmigranten sind in ihren Ansprüchen bescheidener als Inländer. Deshalb finden sie sich leichter mit systembedingter Benachteiligung ab. Obwohl sie besonders häufig Nacht- und Schichtarbeit sowie gesellschaftlich eher niedrig stehende Arbeiten verrichten, sind Ausländer mit ihrer Arbeit genauso zufrieden wie ihre inländischen Kollegen.[33] Und sie sind häufiger mit einem niedrigeren Lebensstandard zufrieden, sodass sie seltener in Versuchung kommen, unfinanzierbare Begehrlichkeiten durch kriminelle Tätigkeiten zu finanzieren (z.B. durch Diebstahl).

Diese Zufriedenheit führt zu besonderer Anpassungsfähigkeit an Arbeits- und Lebensbedingungen und zu hoher Integrationswilligkeit. Sie zeichnet vor allem die erste Zuwanderergeneration aus. Es gibt jedoch Hinweise, dass die erste Einwanderergeneration ihre Zufriedenheit und Rechtstreue nicht vollständig an ihre Kinder weitergeben konnte (insbesondere nicht an ihre Söhne). Und so spielen die Kinder der Arbeitsmigranten in einem Deliktsbereich eine besonders auffällige Rolle. Dazu mehr im nächsten Kapitel.

8. Die Jugend wird immer gewalttätiger

Dass die Jugend immer brutaler wird, ist falsch. Tatsächlich sinkt die Jugendkriminalität sogar. Auffällig ist, dass ausländische Jugendliche öfter Gewaltdelikte begehen als inländische. Das liegt aber nicht daran, dass sie Ausländer sind, sondern unter anderem an ihrem schlechteren durchschnittlichen Bildungsniveau. Steigt der Anteil von Ausländern an höheren Bildungseinrichtungen, sinkt der Ausländeranteil an Jugendgewalttaten.

Immer wieder ist zu hören: Die Jugend wird immer brutaler. Manche Medien bringen sogar Themenschwerpunkte zur »Jugendgewalt«.[34] Jugendkriminalität wirkt auf Erwachsene offenbar besonders beunruhigend. Aber ist das Problem tatsächlich so brennend?

Kennt Jugendgewalt keine Grenzen mehr?
Focus, 11.1.2014

Das Leben der Berliner Prügelmädchen
Focus, 12.1.2014

Jugendgewalt: eine neue Art der Aggressivität
Süddeutsche Zeitung, 17.5.2010

Jugendgewalt: Mir war egal, ob ich ihn töten würde
Die Zeit, 10.1.2013

Jugendgewalt: Mord und Totschläger
Die Zeit, 12.5.2011

Gewalt, Hass und Sex. Bild erklärt die Rap-Vorbilder unserer Kinder
Bild, 11.1.2014

Jugendgewalt-Prozess im Fall Jonny K. Geschlagen, getreten, gestorben
Stern, 14.5.2013

Immer mehr Jugendgewalt in Deutschland
Bild, 25.1.2010

Die Realität ist offenbar ganz anders als das medial vermittelte Bild: Die Jugendkriminalität sinkt sogar. »Deutschlands Jugendliche werden immer friedlicher«, titelte beispielsweise die Tageszeitung *Die Welt* unter Berufung auf eine UNICEF-Studie zum Thema Jugendgewalt.

Die Anzahl jener Jugendlichen, die wegen Jugendstraftaten von deutschen Behörden polizeilich registriert wurden, ist im ersten Jahrzehnt des 21. Jahrhunderts um fast ein Fünftel gesunken.[35] Auch 2013 ging die Jugendkriminalität weiter zurück. In Österreich ist das nicht anders: Die Statistik Austria verzeichnete 2013 bei den verurteilten Jugendlichen einen Rückgang um ein Zehntel binnen eines Jahres.

Besonders stark ist die Zahl jugendlicher Gewalttäter zurückgegangen (in Deutschland um ein Fünftel innerhalb von drei Jahren). Die Öffentlichkeit hat diese rasche Abnahme von Jugendgewalt überhaupt nicht wahrgenommen. Stattdessen glauben 90 Prozent aller deutschen Erwachsenen, dass die Jugendgewalt zunimmt! Die Zunahme von Jugendgewalt findet also ausschließlich in den Köpfen der Erwachsenen statt.

In Österreich zeigt sich dasselbe Bild. Hier hat sich die Zahl der wegen eines Delikts gegen »Leib und Leben«, also insbesondere wegen Mord oder Körperverletzung, verurteilten Jugendlichen seit Beginn des Jahrtausends fast halbiert. Während im Jahr 2000 noch 10.789 Jugendliche wegen Gewaltdelikten verurteilt wurden, gab es 2013 nur mehr 6.578 Verurteilungen in diesem Bereich. Allerdings muss man berücksichtigen, dass im Jahr 2000 erstmals die Möglichkeit der »Diversion« eingeführt wurde (also einer Sanktion ohne Verurteilung). Andererseits besteht der Abwärtstrend an Verurteilungen wegen Delikten gegen Leib und Leben bereits ununterbrochen seit 1970. Damals wurden in Österreich noch über 56.000 Jugendliche jährlich wegen Gewaltdelikten verurteilt. Das bedeutet, dass die aktuellen Verurteilungszahlen gerade einmal ein Neuntel der Zahlen aus den 1970er-Jahren betragen (also jener Zeit, in der die Elterngeneration der gegenwärtigen jugendlichen Straftäter jung im Sinne des Jugendstrafrechts war).[36] Eine derart große Veränderung ist mit der Einführung der Diversion allein nicht erklärbar. Und auch der Anteil der Jugendlichen an allen im Jahr 2013 in Österreich begangenen

Gewaltdelikten spricht eine klare Sprache: Jugendliche haben gerade einmal 7,6 Prozent aller 2013 in Österreich verurteilten Gewaltdelikte verübt. Die restlichen 92,4 Prozent gehen auf das Konto von Erwachsenen.[37]

Besonders viel Raum widmen die Medien gern ausländischen jungen Gewalttätern. Verhält es sich hier ähnlich wie mit der Jugendkriminalität an sich? Klafft hier ebenfalls ein Riss zwischen Realität und medial vermitteltem Bild? Oder sind ausländische Jugendliche wirklich besonders gewalttätig?

Roland Koch: »Zu viele junge kriminelle Ausländer«
Focus, 28.12.2007

Jugendgewalt in Deutschland: Toleranz hat sich verändert
taz, 14.5.2013

Neue Dimension der Jugendgewalt in Berlin: Ausländer jagen »Scheiß Christen«
Berliner Kurier, 26.8.2008

Terror an deutschen Schulen: Jetzt spricht die Direktorin der Horror-Schule: »Die Gewalt geht vor allem von libanesischen Schülern aus«
Bild, 22.7.2010

Untersuchungen in Deutschland zeigen: Ausländische Jugendliche sind tatsächlich häufiger gewalttätig als gleichaltrige Inländer. Je nach Deliktsgruppe kann es bei ausländischen Jugendlichen bis zu doppelt so wahrscheinlich sein, dass sie eine Straftat begehen, als bei inländischen Jugendlichen. Besonders auffällig ist der Unterschied zwischen inländischen und türkischen Jugendlichen. »Junge Türken neigen am meisten zur Gewalt«, fasst die FAZ das Thema in einer Schlagzeile zusammen.[38]

Aber auch hier ist es mit der Wahrheit nicht ganz so einfach. Ausschlaggebend ist nämlich nicht der Umstand, junger Türke zu sein. Der Grund für die höhere Gewaltneigung türkischer Jugendlicher in Deutschland und Österreich liegt anderswo. Denn je besser die Ausbildung junger Türken ist, desto mehr sinkt ihre Gewaltneigung. Darin unterscheiden sie sich nicht von inländischen Jugendlichen. Auch die sind (im Durchschnitt) umso gewalttätiger, je geringer ihre Schulbildung und Ausbildung ist. Es ist also kein allein für junge Türken zutreffendes, sondern ein allgemeingültiges Phänomen, dass schlechter ausgebildete Jugendliche eher zu Gewalt neigen als Jugendliche mit guter Ausbildung.

Im Unterschied zu Inländern verfügen junge Türken aber überdurchschnittlich oft über keinen oder nur über einen sehr niedrigen Schulabschluss. Im Vergleich zu inländischen Jugendlichen sind nur wenige junge Türken an Realschulen und Gymnasien anzutreffen. Wie sehr das mit der Gewaltneigung junger Menschen zusammenhängt, zeigen folgende Zahlen:

- In Hannover verdoppelte sich von 1998 bis 2006 der Anteil der Gymnasiasten unter jungen Türken. Gleichzeitig sank der Anteil an Gewalttätern unter ihnen um 10 Prozent, jener der Intensivtäter sogar um 50 Prozent.
- In München war der Bildungstrend genau gegenläufig. Der Anteil junger Türken, die ein Gymnasium besuchten, sank um ein Drittel. Zugleich stieg der Anteil der Gewalttäter unter ihnen um fast 3 Prozent, jener der Intensivtäter verdoppelte sich sogar.
- Das Ausbildungsniveau wirkt also auf die Gewaltneigung von Jugendlichen – sowohl im positiven als auch im negativen Sinn. Das gilt für türkischstämmige wie für inländische Jugendliche gleichermaßen. Jugendkriminalität ist also kein »Ausländerthema«, sondern ein »Unterschichtthema«.[39]

9. Wir können nicht jeden Flüchtling aufnehmen

Deutschland war 2013 mit 109.600 neuen Asylanträgen weltweit das Land mit den meisten Asylanträgen. In Österreich stellten im selben Zeitraum 17.503 Flüchtlinge einen Asylantrag. Damit kommen in Deutschland auf 1.000 Einwohner 1,5 Flüchtlinge, in Österreich sind es zwei Flüchtlinge pro 1.000 Einwohner. Das ist in etwa ein Hundertstel der Flüchtlingsanzahl pro Einwohner im Libanon (178 Flüchtlinge auf 1.000 Einwohner). Weltweit waren im Jahr 2013 mehr als 50 Millionen Menschen auf der Flucht. Mehr als 80 Prozent von ihnen stranden in Entwicklungsländern. Weder Österreich noch Deutschland, noch die Europäische Union als Ganzes tragen die Hauptlast der weltweiten Flüchtlingsbewegungen.

Natürlich ist es schlimm, was manche Menschen in anderen Weltregionen erleiden müssen. Diesen Menschen soll ruhig geholfen werden – aber nicht bei uns! Wir nehmen ohnehin schon viel zu viele Flüchtlinge auf. Stimmt das denn wirklich?

Alle vier Sekunden muss irgendwo auf der Welt ein Mensch fliehen. Manche davon kommen auch zu uns. Es stimmt natürlich, dass Länder wie Deutschland oder Österreich nicht alle Flüchtlinge allein aufnehmen können. Die allermeisten Flüchtlinge kommen aber gar nicht zu uns. Sie bleiben als Vertriebene im eigenen Land oder weichen auf angrenzende Länder in der Krisenregion aus.

Im Jahr 2013 mussten weltweit pro Tag rund 32.200 Menschen ihre Heimat verlassen. Sie flüchteten, weil sie persönlich verfolgt wurden, etwa aufgrund ihrer Hautfarbe, ihres Glaubens, ihrer Nationalität, ihrer politischen Einstellung, oder weil sie einer bestimmten sozialen Gruppe angehören. Andere verließen ihre Heimat, weil dort Krieg herrscht oder eine Hungersnot ausgebrochen ist und sie Angst um ihr Leben und jenes ihrer Kinder haben.

Wer ist ein Flüchtling?

Die Genfer Flüchtlingskonvention wurde 1951 beschlossen. Sie ist bis heute in 147 Staaten gültig, unter anderem auch in Deutschland und Österreich, und definiert einen Flüchtling als eine Person, die »… aus der begründeten Furcht vor Verfolgung wegen ihrer Rasse, Religion, Nationalität, Zugehörigkeit zu einer bestimmten sozialen Gruppe oder wegen ihrer politischen Überzeugung sich außerhalb des Landes befindet, dessen Staatsangehörigkeit sie besitzt, und den Schutz dieses Landes nicht in Anspruch nehmen kann oder wegen dieser Befürchtungen nicht in Anspruch nehmen will …«[40]

Es gibt auch noch andere Flüchtlinge: Menschen, die aufgrund der wirtschaftlichen Situation in ihrem Land keine Lebensgrundlage haben und wegen Hunger und Armut in ein anderes Land fliehen. Diese Menschen nennt man »Wirtschaftsflüchtlinge«. Andere fliehen, weil sie in ihrer Heimat wegen Umweltverschmutzung oder Klimawandel keine Existenzgrundlage mehr haben. Solche Flüchtlinge nennt man »Umweltflüchtlinge« oder »Klimaflüchtlinge«. Auch diese Flüchtlinge sind gezwungen, ihre Heimat zu verlassen, fallen aber nicht unter den Schutz der Genfer Flüchtlingskonvention.

Ende 2013 zählte das Hochkommissariat für Flüchtlinge der Vereinten Nationen (UNHCR) 51,2 Millionen Asylwerber, Flüchtlinge und Vertriebene auf der ganzen Welt. Damit waren zum ersten Mal seit Ende des Zweiten Weltkriegs (1945) wieder mehr als 50 Millionen Menschen auf der Flucht. Diese 51,2 Millionen unterteilen sich in 16,7 Millionen Flüchtlinge, 33,3 Millionen Binnenvertriebene und 1,2 Millionen Asylwerber.

Asylwerber: Menschen, die in einem anderen Staat um Aufnahme und Schutz ansuchen. Sie müssen ein Asylverfahren durchlaufen und erhalten entweder einen positiven Asylbescheid; dann sind sie Flüchtlinge. Oder einen negativen Bescheid; dann müssen sie das Land verlassen. Es kann aber auch sein, dass sie kein Asyl bekommen, aber in Österreich oder Deutschland bleiben dürfen. Personen, die nicht nach der Genfer Flüchtlingskonvention verfolgt werden, deren Leben in ihrem Heimatland aber wegen Krieg oder Ähnlichem bedroht ist, können auch als »subsidär Schutzberechtigte« bei uns bleiben.
Flüchtlinge: Menschen, die in einem anderen Staat oder in einem anderen Teil ihres eigenen Staates Schutz erhalten haben. In Ländern wie Deutschland und Österreich wird erst als Flüchtling anerkannt, wer ein Asylverfahren nach der Genfer Flüchtlingskonvention positiv abgeschlossen hat. Diese Personen werden auch »Konventionsflüchtlinge« genannt. Sie sind Deutschen oder Österreichern rechtlich gleichgestellt, nur Wahlrecht haben sie in ihrem neuen Heimatland keines.

In vielen anderen Ländern gibt es derartige Asylverfahren nicht und Flüchtlinge haben viel weniger Rechte.

Vetriebene: Menschen, die aus ihrer Heimat vertrieben wurden, etwa durch Bürgerkriege. Finden sie in einem anderen Teil ihres Heimatlandes Schutz, werden sie »Internally Displaced Persons« oder Binnenflüchtlinge genannt. 2013 waren 65 Prozent aller Flüchtlinge auf der Welt Binnenflüchtlinge.

Mehr als die Hälfte der Flüchtlinge (51 Prozent) stammte aus nur drei Ländern: Afghanistan (2,56 Millionen), Syrien (1,47 Millionen) und Somalia (1,12 Millionen). Die Hälfte aller Flüchtlinge waren Kinder und Jugendliche unter 18 Jahren.

Wer ist der UNHCR?

UNHCR ist die Abkürzung für »United Nations High Commissioner for Refugees« (»Hoher Flüchtlingskommissar der Vereinten Nationen«). Die Aufgabe dieser Unterorganisation der Vereinten Nationen ist, Flüchtlingen auf der ganzen Welt zu helfen – unabhängig von deren Herkunft, Religion, Geschlecht oder politischer Meinung.

Nur ein ganz kleiner Teil der Flüchtlinge auf der Welt schafft es bis nach Europa – oder gar bis nach Deutschland oder Österreich. 80 Prozent aller Flüchtlinge kamen 2013 in sogenannten Entwicklungsländern unter, also in jenen Staaten, in denen der Großteil der Bevölkerung ohnehin bettelarm ist. Davon, dass wir in Europa alle Flüchtlinge der Welt aufnehmen müssen, kann also keine Rede sein.

WER 2013 DIE MEISTEN FLÜCHTLINGE AUFGENOMMEN HAT	
1	Pakistan (1,6 Mio.)
2	Iran (857.400)
3	Libanon (856.500)
4	Jordanien (641.900)
5	Türkei (609.900)
6	Kenia (534.900)
7	Tschad (434.500)
8	Äthiopien (433.900)
9	China (301.000)
10	USA (265.600)
Unter den Top-Ten-Aufnahmeländern von Flüchtlingen findet sich kein einziges europäisches Land.	

Sieht man sich an, auf wie viele Einwohner ein Flüchtling kommt, zeigt sich ebenfalls klar, dass weder Deutschland noch Österreich die Länder mit den meisten Flüchtlingen sind. Kein Land nimmt derzeit so viele Flüchtlinge pro Einwohner auf wie der Libanon. 2013 kamen dort 178 Flüchtlinge auf 1.000 Einwohner. In Jordanien waren es 88 Flüchtlinge auf 1.000 Einwohner, im Tschad 34. In Österreich waren es hingegen nur zwei Flüchtlinge auf 1.000 Einwohner, in Deutschland 1,5. Das ist etwa ein Hundertstel dessen, was der Libanon in dieser Hinsicht leistet. Es ist aber auch weit weniger als in anderen europäischen Ländern wie Schweden (5,7 Flüchtlinge auf 1.000 Einwohner) oder Malta (5,2 Flüchtlinge auf 1.000 Einwohner).

Bei der Anzahl der neuen Asylanträge, die pro Jahr gestellt werden, liegt Deutschland inzwischen aber ganz vorne. 2013 haben mehr als eine Million Flüchtlinge in 167 Ländern Asylanträge gestellt, so viele wie seit zehn Jahren nicht mehr. Die meisten Asylanträge (109.600) wurden in Deutschland gestellt. In Österreich waren es im selben Zeitraum 17.503.

Deutschland und Österreich waren nicht immer Zielländer von Flüchtlingen – im Gegenteil: Zur Zeit des Nationalsozialismus (von 1933 bis 1945 in Deutschland bzw. von 1938 bis 1945 auch in Österreich) flohen Hunderttausende Menschen aus den beiden Ländern, da sie ansonsten in Konzentrationslager eingesperrt oder gleich ermordet worden wären. Allein aus Deutschland flohen unter anderem 280.000 Juden, die von den Nazis brutal verfolgt wurden, weitere 130.000 aus Österreich, der damaligen »Ostmark« des Deutschen Reichs. Viele konnten als politische Flüchtlinge in Nord- und Südamerika, in Großbritannien sowie in Israel, dem damaligen Palästina, ihr Leben retten.

Nach bisher verfügbaren Daten ist die Zahl der Asylwerber in Deutschland und Österreich auch 2014 wieder gestiegen. Bereits im ersten Halbjahr 2014 gab es in der EU 264.000 neue Asylanträge. Das ist ein Anstieg von 23 Prozent im Vergleich zum Vorjahreszeitraum. In Deutschland haben im ersten Halbjahr 2014 65.700 Menschen neu um Asyl angesucht, in Österreich 8.395.

TOP-5-HERKUNFTSLÄNDER VON ASYLWERBERN IN ÖSTERREICH IM 1. HALBJAHR 2014	
1	Syrien
2	Afghanistan
3	Somalia
4	Russische Föderation
5	Pakistan
TOP-5-HERKUNFTSLÄNDER VON ASYLWERBERN IN DEUTSCHLAND IM 1. HALBJAHR 2014	
1	Syrien
2	Serbien
3	Eritrea
4	Albanien
5	Afghanistan

Auch wenn man angesichts des zuletzt erfolgten Anstiegs von Asylanträgen und der Bilder von Flüchtlingstragödien wie jener vor der italienischen Insel Lampedusa (wo am 3. Oktober 2013 ca. 390 Menschen ertranken) einen anderen Eindruck haben könnte: Die Zahl der Flüchtlinge ist heute viel niedriger als früher. In Österreich wurden in den Jahren 1981 (34.557 Anträge) und 2002 (39.354 Anträge) die allermeisten Asylanträge gestellt, in Deutschland in den Jahren 1992 (438.191 Anträge) und 1996 (116.367 Anträge). Es gab also schon Jahre, in denen fast siebenmal mehr Flüchtlinge zu uns kamen als jetzt.

Ein europäisches Journalistenteam hat auch untersucht, wie viele Menschen es nicht geschafft haben, in Europa einen Asylantrag zu stellen – weil sie auf der Flucht umgekommen sind. Unter dem Namen »The Migrant Files« recherchierten sie, wie viele Migranten seit dem Jahr 2000 auf dem Weg nach Europa umgekommen sind. Das Ergebnis: Mehr als 27.000 Menschen haben ihren Fluchtversuch zu uns ins sichere Europa mit ihrem Leben bezahlt.

BERÜHMTE FLÜCHTLINGE

Albert Einstein, Physiker

Der Wissenschaftler, der durch seine »Relativitätstheorie« weltweit zur Berühmtheit wurde, verließ Deutschland im Jahr 1932 zunächst nur, um für einige Monate in Kalifornien/USA zu forschen. Am 30. Januar 1933 wurde Adolf Hitler deutscher Reichskanzler. Hitler und seine Partei NSDAP hatten die Ermordung aller Juden als Ziel und begannen sofort nach ihrer Machtübernahme mit der Verfolgung von Juden, aber auch von Oppositionellen, etwa von Kommunisten.

Einstein hatte geplant, im April 1933 aus den USA nach Deutschland zurückzukehren. Da er aber gleich erkannte, wie sehr er als Jude Gefahr lief, von den Nationalsozialisten ermordet zu werden, blieb er in den USA im Exil und wurde Professor an der Princeton University.

Einstein kehrte nie wieder nach Deutschland zurück. Er trat öffentlich gegen Antisemitismus und die Nationalsozialisten auf, etwa auf einer Pressekonferenz im März 1933. Bei diesem Anlass erklärte er, wieso er künftig als Flüchtling im amerikanischen Exil leben werde:

»Solange mir eine Möglichkeit offensteht, werde ich mich nur in einem Land aufhalten, in dem politische Freiheit, Toleranz und Gleichheit aller Bürger vor dem Gesetz herrschen. Zur politischen Freiheit gehört die Freiheit der mündlichen und schriftlichen Äußerung politischer Überzeugung eines Individuums. Diese Bedingungen sind gegenwärtig in Deutschland nicht erfüllt. Es werden dort diejenigen verfolgt, die sich um die Pflege internationaler Verständigung besonders verdient gemacht haben.«[41]

Marlene Dietrich, Schauspielerin
Die 1901 in Berlin geborene Schauspielerin wurde durch Filme wie »Der blaue Engel« und Lieder wie »Lilli Marleen« weltberühmt. Obwohl Marlene Dietrich vom nationalsozialistischen Propagandaminister Joseph Goebbels äußerst lukrative Angebote erhielt, weigerte sie sich bereits 1933, für die Nazis aufzutreten, und ging stattdessen ins Exil. Sie unterstützte aus dem Exil von den Nazis Verfolgte bei deren Flucht ins Ausland. 1939 nahm sie die amerikanische Staatsbürgerschaft an. Als die USA 1941 in den Krieg gegen Hitler eintraten, unterstützte Dietrich die amerikanischen Soldaten mit Auftritten direkt hinter der Front in Europa. Außerdem appellierte sie im Rundfunk an die deutschen Soldaten, nicht weiter für Hitler zu kämpfen. »Jungs, opfert euch nicht«, rief sie den Soldaten via Funk zu, »der Krieg ist doch Scheiße. Und Hitler ist ein Idiot.«[42]
In einem Interview im Jahr 1966 sprach Marlene Dietrich über die Mitschuld der deutschen Bürger an den Verbrechen der Nationalsozialisten:
»Aber fast alle wussten, was vor sich ging. Wie konnte man denn übersehen, dass es Konzentrationslager gab? Jeden Tag wurden in jeder Stadt von der SS und der Gestapo Männer und Frauen verhaftet, die schrien, die weinten, die man über das Pflaster schleifte. Haben die Deutschen das nicht gesehen? Haben sie keine Fragen gestellt? Was geschah mit den Menschen, die die Polizei abführte und die man nie wiedersah?«[43]
Ihr Engagement gegen Hitler nahmen viele Deutsche der Schauspielerin lange Zeit übel. Als sie nach ihrem Tod 1992 im Rahmen einer großen Gedenkfeier in Berlin begraben werden sollte, gab es derart starken Protest gegen eine postume

Ehrung der vermeintlichen »Vaterlandsverräterin«, dass der Berliner Senat die geplante Überführung ihrer sterblichen Überreste und auch die Gedenkfeier zu Ehren der verstorbenen Künstlerin absagte. Marlene Dietrich wurde ohne offizielle Feier in Berlin-Zehlendorf beerdigt.

Salman Rushdie, Schriftsteller
Schreiben kann lebensgefährlich sein. Das musste der indisch-britische Autor Salman Rushdie am eigenen Leib erfahren. Seit der Veröffentlichung seines Romans »Die satanischen Verse« im Jahr 1988 trachten muslimische Fundamentalisten nach dem Leben des Schriftstellers. Der Roman enthält satirische Textstellen über den Propheten Mohammed, weshalb der iranische Revolutionsführer Ajatollah Khomeini im Februar 1989 eine Fatwa (islamische Rechtsauskunft eines Geistlichen) ausgab, nach der Rushdie dadurch ein mit der Todesstrafe belegtes Verbrechen begangen habe. Eine iranische Stiftung setzte zusätzlich ein Kopfgeld in der Höhe von 2,5 Millionen Euro auf ihn aus. Der damals in Großbritannien lebende Schriftsteller musste vor radikalen Islamisten fliehen und versteckte sich unter dem Decknamen »Joseph Anton« in verschiedenen Ländern, darunter auch in Österreich. Seit dem Jahr 2000 lebt Rushdie im Exil in den USA. Für manche Muslime ist der Mordaufruf Khomeinis noch heute gültig.

10. Es kommen nur Wirtschaftsflüchtlinge zu uns

Viele Menschen, die zu uns flüchten, sind klassische Flüchtlinge, die Schutz vor Verfolgung suchen. Es gibt aber auch Menschen, die zu uns kommen, um ihre wirtschaftliche Lebenssituation zu verbessern. Dasselbe tun auch viele Deutsche und Österreicher, die aus wirtschaftlichen Gründen in ein anderes Land emigrieren.

Politisch Verfolgten helfe man gerne, heißt es. Aber die allermeisten seien doch Wirtschaftsflüchtlinge, die ohne echte Not an unserem Reichtum mitnaschen wollen. Kommen wirklich nur Armutsflüchtlinge zu uns?

Am öftesten beantragten zwischen Januar und November 2014 syrische Staatsbürger Asyl in Deutschland (insgesamt 34.144 Erstanträge, das sind 22 Prozent von allen Asylanträgen in diesem Zeitraum). Auch in Österreich stammten die meisten Asylanträge in diesem Zeitraum von Syrern (nämlich 6.987). In Syrien tobt ein blutiger Bürgerkrieg, und islamistische Fundamentalisten bedrohen die Bevölkerung.

Würden bei uns bloß Wirtschaftsflüchtlinge Asyl beantragen, müsste die Asyl-Anerkennungsquote nahe bei null liegen. Denn nach der Genfer Flüchtlingskonvention erhält nur Asyl, wer verfolgt wird, und nicht, wer in ein anderes Land flüchtet, um sich ein besseres Leben aufzubauen (siehe Kapitel 9).

Allerdings haben die deutschen Behörden zwischen April und Juni 2014 fast einem Drittel aller Asylwerber (29,9 Prozent) Schutz zugesprochen. Sie dürfen in Deutschland bleiben, weil sie glaubhaft nachweisen konnten, dass ihr Leben in ihrem Heimatland in Gefahr ist. Diese Personen sind also keine Wirtschaftsflüchtlinge, sondern fliehen vor tatsächlicher Gewalt und Verfolgung. Besonders häufig erhielten Syrer Asyl (88,8 Prozent aller asylsuchenden Syrer), gefolgt von Asylwerbern aus dem Irak (56 Prozent aller asylsuchenden Iraker).

In Österreich bekamen 2013 ebenfalls fast 25 Prozent aller Asylsuchenden auch tatsächlich Asyl zugesprochen. 76 Prozent der asylsuchenden Syrer und ebenso viele Prozent der asylsuchenden Iraner erhielten in Österreich Asyl.

Es ist also falsch, dass Asylwerber nur aus wirtschaftlichen Gründen zu uns kommen. Es stimmt aber auch, dass nicht alle, die bei uns Schutz suchen, tatsächlich verfolgt sind.

›

Als **Konventionsflüchtling** gilt laut Genfer Flüchtlingskonvention eine Person, die in ihrem Land aufgrund ihrer Rasse,

Religion, Nationalität, der Zugehörigkeit zu einer bestimmten sozialen Gruppe oder wegen ihrer politischen Überzeugung eine wohlbegründete Furcht vor Verfolgung hat.
Als **Wirtschaftsflüchtling** gilt eine Person, die aus wirtschaftlicher Not ihr Land verlässt, um sich in einem ökonomisch stabileren Land eine bessere Existenz aufzubauen. Wirtschaftsflüchtlinge bezeichnet man auch als Armutsflüchtlinge. Wirtschaftliche Not ist aber kein anerkannter Fluchtgrund im Sinne der Genfer Flüchtlingskonvention.

Aber was ist mit jenen, die zu uns kommen, weil sie Arbeit und ein besseres Leben wollen?

Aus wirtschaftlichen Gründen sein Land zu verlassen ist kein Verbrechen, auch wenn »Wirtschaftsflüchtling« oft als Schimpfwort verwendet wird. Laut der Internationalen Arbeitsorganisation der Vereinten Nationen (International Labour Organisation, ILO) waren im Jahr 2013 weltweit 73,4 Millionen junge Menschen ohne Arbeit, 3,5 Millionen mehr als vor Ausbruch der Wirtschaftskrise. Am höchsten ist die Jugendarbeitslosigkeit im Nahen Osten mit 28,3 Prozent, gefolgt von Nordafrika mit 23,7 Prozent. Zum Vergleich: In der EU lag die Jugendarbeitslosigkeit 2013 bei 23,5 Prozent. Allerdings lag sie in Krisenländern wie Griechenland (62,5 Prozent), Spanien (56,4 Prozent) oder Portugal (42,5 Prozent) viel höher. In Deutschland waren es hingegen lediglich 7,6 Prozent und in Österreich 9,1 Prozent.

Die Zahl der Menschen, die vor Armut und Hunger fliehen, wird noch zunehmen. Denn auch die ungleiche Verteilung von Reichtum und Armut steigt weltweit. Die Welt wird derzeit also immer ungerechter. Nach einer Anfang 2015 veröffentlichten Studie der Nichtregierungsorganisation »Oxfam« besaß das reichste Prozent der Welt im Jahr 2014 48 Prozent des gesamten Wohlstands. Schon 2016 wird dem 1 Prozent der Superreichen sogar mehr als 50 Prozent des weltweiten Wohlstands gehören. Die 70 Millionen reichsten Menschen der Erde haben dann genauso viel wie die 3,5 Milliarden ärmsten Menschen der Welt zusammen.

Angesichts dieser Umstände kann es nicht verwundern, wenn sich junge Menschen, die in ihrem Heimatland keine Perspektive sehen, aufmachen, um in einem anderen Land mit besseren ökonomischen Voraussetzungen ihr Glück zu finden.

Nichts anderes machen die Teilnehmer der Fernsehserie »Goodbye Deutschland«, die seit dem Jahr 2006 Deutsche dabei begleitet, ihr Glück im Ausland zu finden. Einwohner armer Staaten haben es schwieriger als die Deutschen in der TV-Serie: Sie benötigen meist ein Visum, das sie aber kaum bekommen. Für Antragsteller aus afrikanischen Ländern lag die Visa-Ablehnungsrate im Jahr 2011 drei- bis fünfmal höher als die durchschnittliche Ablehnungsquote von 10 Prozent. Deshalb versuchen viele, über den Weg des Asylverfahrens in das Land zu gelangen, in dem sie sich ein besseres Leben erhoffen. Das geht aber nur mit einem anerkannten Fluchtgrund (Verfolgung). Und den können sich manche eben nur erschwindeln.

Berühmte »Wirtschaftsflüchtlinge«

Der Actionheld **Arnold Schwarzenegger** stammt aus der Steiermark und machte in den USA Karriere, obwohl er nur einen Pflichtschulabschluss vorweisen konnte.

Die Popsängerin **Madonna**, mit bürgerlichem Namen Madonna Luise Ciccone, wuchs als Tochter eines italienischen Automechanikers auf, der in den 1950er-Jahren in die USA emigrierte.

Die Mutter von Hollywood-Schauspieler **Leonardo Di Caprio**, Irmelin Indenbirken, wuchs in Nordrhein-Westfalen auf und übersiedelte Ende der 1950er-Jahre in die USA.

Der Österreicher **Frank Stronach** bestieg im Jahr 1954 mit 22 Jahren und 200 Dollar in der Tasche ein Schiff, um in Kanada sein Glück zu versuchen. Der »Wirtschaftsflüchtling« baute von Kanada aus das weltweit erfolgreiche Automobil-Zulieferunternehmen »Magna International« auf und ist heute Multimilliardär.

Die weltberühmten Jeans haben wir ebenfalls einem »Gastarbeiter« zu verdanken: **Levi Strauss**, Sohn eines Hausierers, kam mit 18 Jahren als »Wirtschaftsflüchtling« aus dem deutschen Buttenheim in die USA und wurde dort als Erfinder der legendären Levi's Jeans weltberühmt.

Bei genauerem Hinsehen kommen uns Wirtschaftsflüchtlinge manchmal gar nicht so ungelegen. Ja wir laden sie sogar aktiv ein, zu uns zu kommen. Für dringend benötigte Fachkräfte hat Deutschland 2012 eine »Blue Card« eingeführt, die es hochqualifizierten Arbeitskräften wie Ärzten oder Ingenieuren aus dem Ausland erleichtern soll, in Deutschland zu arbeiten. In Österreich wurde bereits ein Jahr zuvor mit der »Rot-Weiß-Rot-Card« ein ähnliches Instrument geschaffen. Offenbar gibt es also »gute« und »schlechte« Wirtschaftsflüchtlinge für uns. Fair ist das nicht. Während wir uns bemühen, hochqualifizierte Arbeitskräfte zu uns zu bringen (und damit die ohnehin schon schwachen Herkunftsländer weiter schwächen), sind uns andere Arbeitskräfte aus dem Ausland nicht gut genug. Das sind dann die »schlechten« Wirtschaftsflüchtlinge.

Wirtschaftsflüchtlinge sind aber nicht nur die anderen, sondern oft auch wir selbst. Im Jahr 2013 wanderten mehr als 36.000 Deutsche und fast 3.000 Österreicher in die Schweiz aus. Und die größte Gruppe derer, die nur wegen eines guten Arbeitsplatzes oder einer guten Ausbildung nach Österreich kommen, sind die Deutschen. Mit Stichtag 1.1.2014 lebten 210.735 deutsche Staatsbürger in Österreich. Sie stellten damit die größte ausländische Bevölkerungsgruppe. Aber auch der umgekehrte Weg ist beliebt: Fast 179.000 Österreicher leben derzeit in Deutschland.

11. Frauen sind doch längst gleichberechtigt

Frauen können heute mehr erreichen als noch vor einigen Jahrzehnten. Allerdings sind Männer und Frauen weder in der Wirtschaft noch in der Politik gleich repräsentiert. Auch beim Einkommen werden Frauen diskriminiert, während Männer mehr verdienen und auch weniger unbezahlte Arbeit leisten müssen.

Sie sind Bundeskanzlerin, Parlamentspräsidentin und Firmenchefin. Und trotzdem jammern die Frauen. Zwei Drittel der deutschen Männer fanden in einer Umfrage, es gebe schon genug Gleichberechtigung. Haben sie recht?

Es gibt Soldatinnen, Astronautinnen, Nobelpreisträgerinnen, Wirtschaftskapitäninnen, Formel-1-Fahrerinnen – außer Papst können Frauen schon fast alles werden, was früher traditionell Männern vorbehalten war. In Deutschland steht mit Angela Merkel (CDU) sogar eine Frau an der Staatsspitze, in Österreich ist das Amt der Parlamentspräsidentin, nach dem Bundespräsidenten immerhin der zweitwichtigste politische Job, ebenfalls seit 2006 in weiblicher Hand (derzeit: Doris Bures). Also alles bestens an der Geschlechterfront?

Nicht ganz. Zwar stimmt es, dass auch bei uns einzelne Frauen in der Vergangenheit sehr viel erreichen konnten, sei es in der Politik oder in Wirtschaft, Kultur und Sport. Das bedeutet aber nicht, dass Frauen hierzulande automatisch dieselben Chancen haben wie Männer. Es bedeutet auch nicht, dass Frauen in allen Institutionen in gleicher Weise vertreten sind.

Etwa in der Wirtschaft: In Deutschland waren 2012 ganze 71 Prozent aller Führungskräfte männlich und nur 29 Prozent weiblich. In den Vorständen der 200 größten deutschen Unternehmen lag der Frauenanteil überhaupt nur bei 4 Prozent und in den Aufsichtsräten auch bloß bei 11 Prozent.

FRAUEN IN FÜHRUNGSPOSITIONEN IN DER EU (2012)
Lettland: 45 Prozent
Frankreich: 40 Prozent
Litauen: 39 Prozent
Slowenien: 39 Prozent
Ungarn: 39 Prozent
Österreich: 30 Prozent
Deutschland: 29 Prozent

Auch Österreich zählt im europäischen Vergleich zu den Nachzüglern bei der Gleichstellung von Frauen, und dies in fast allen Bereichen. So sind in Österreichs börsennotierten Unternehmen nur 3,1 Prozent der Vorstandsmitglieder Frauen. Im EU-Durchschnitt sind es zumindest 18,6 Prozent. Österreich ist laut der Internationalen Arbeitsorganisation der Vereinten Nationen (»International Labour Organisation«, ILO) gleich nach Algerien das Land, in dem der Frauenanteil im Management zwischen 2000 und 2012 am stärksten gesunken ist.

In Österreichs Top-200-Unternehmen sind die Männer – fast – unter sich. 2014 waren dort lediglich 13,9 Prozent aller Aufsichtsratsmitglieder Frauen. Auch in den Geschäftsführungen dieser 200 Unternehmen fanden sich zu 94,4 Prozent Männer. Von den insgesamt 606 Topjobs in den besten 200 Unternehmen Österreichs waren nur 34 von Frauen besetzt.

Das Argument, es gebe in diesen Firmen nicht genügend Frauen mit ausreichender Qualifikation, kann kaum gelten: Schließlich sind etwa im Handel in Österreich 55 Prozent aller Beschäftigten weiblich. In die Geschäftsführung schaffen es trotzdem nur 4,6 Prozent.

FRAUEN IM MITTLEREN UND OBEREN MANAGEMENT (2012)	
1.	Dominikanische Republik (55,8 Prozent)
2.	Panama (48,7 Prozent)
3.	Lettland (44,6 Prozent)
4.	Ecuador (42,8 Prozent)
5.	Philippinen (41 Prozent)

34.	Deutschland (28 Prozent)
37.	Österreich (27 Prozent)

Beim Einkommen sind Frauen ebenfalls benachteiligt: In Österreich verdienen Frauen laut Statistik Austria in der Privatwirtschaft für dieselbe Arbeit um etwa 23 Prozent weniger als Männer. In Deutschland liegt der durchschnittliche Einkommensunterschied zwischen Männern und Frauen bei 22 Prozent. Dabei war der Unterschied

2013 in Mecklenburg-Vorpommern mit 4 Prozent am geringsten und in Baden-Württemberg mit 27 Prozent am höchsten.

EINKOMMENSUNTERSCHIEDE VON MÄNNERN UND FRAUEN IN DER EU
Niedrigster Einkommensunterschied: 3 Prozent (Slowenien)
Höchster Einkommensunterschied: 30 Prozent (Estland)

Mit einer schlechteren Ausbildung lässt sich nicht erklären, wieso Frauen am Ende eines Arbeitsmonats fast ein Viertel weniger in der Tasche haben als Männer: In Deutschland waren im Jahr 2012 52 Prozent aller Studienberechtigten weiblich, 45 Prozent aller in diesem Jahr in Deutschland verliehenen Doktortitel gingen an Frauen.

Auch in Österreich ist der Bildungsgrad von Frauen in den vergangenen Jahrzehnten rasant gestiegen. Hatten im Jahr 1981 nur 1,6 Prozent aller Österreicherinnen einen Hochschulabschluss, gab es im Jahr 2010 in Österreich erstmals mehr Frauen mit Matura oder Hochschulabschluss als Männer.

Frauen suchen sich aber tendenziell immer noch viel häufiger Berufssparten aus, in denen der Verdienst geringer ist, als Männer dies tun.

BELIEBTESTE LEHRBERUFE 2013 (ÖSTERREICH)	
Mädchen:	
1.	Einzelhandel
2.	Bürokaufkraft
3.	Friseurin
4.	Restaurantfachfrau
5.	Köchin
Buben:	
1.	Metalltechnik
2.	Elektrotechnik
3.	Maurer
4.	Koch
5.	Tischler

Ein Grund, wieso Frauen weniger verdienen und weniger oft Karriere machen, liegt auch darin, dass sie immer noch hauptverantwortlich für Kinder und Haushalt sind. Frauen bleiben deshalb viel öfter und länger bei den Kindern und leisten auch die meiste unbezahlte Arbeit wie Kochen, Bügeln, Aufräumen, Putzen und Einkaufen. Darunter leiden bis heute die Karrierechancen von Frauen.

UNBEZAHLTE ARBEITSZEIT VON MÄNNERN UND FRAUEN PRO TAG		
	Männer	Frauen
Schweden	3 Stunden	4,2 Stunden
Dänemark	3,1 Stunden	4 Stunden
Niederlande	2,7 Stunden	4,5 Stunden
Deutschland	2,7 Stunden	4,5 Stunden
Großbritannien	2,5 Stunden	4,6 Stunden
Österreich	2,3 Stunden	4,5 Stunden

Auch liegt die Zahl der Väter, die sich um die gemeinsamen Kinder kümmern, weit unter jener der Mütter. Zwar waren in Deutschland im Jahr 2012 bereits fast 30 Prozent aller Elterngeldbezieher männlich. Allerdings bezogen 78,2 Prozent der Väter das Elterngeld nur für ein bis zwei Monate. Nur 6 Prozent der männlichen Elterngeldbezieher blieben ein Jahr oder länger zu Hause beim Kind.

In Österreich ist es ähnlich: Hier entschieden sich mehr als die Hälfte der männlichen Kindergeldbezieher (52,8 Prozent) für eine kurze Bezugsvariante, nämlich für das Modell 12 + 2 Monate (bei dem sie nur zwei Monate beim Kind bleiben müssen).

Am häufigsten zu Hause bei ihren Kindern bleiben in Österreich die Bauern: Unter ihnen lag der Anteil der männlichen Kinderbetreuungsgeldbezieher bei den im Jahr 2012 geborenen Kindern bei 60,71 Prozent. Das liegt wohl auch daran, dass der Mann in der Landwirtschaft auch während der Babykarenz im Stall oder auf dem Feld arbeiten kann. Die sensationelle Männerbeteiligungsquote existiert also auch hier möglicherweise nur auf dem Papier.

VÄTERANTEIL UNTER ELTERNGELDBEZIEHERN	
Deutschland:	
Sachsen:	38,2 Prozent
Bayern:	38,1 Prozent
Nordrhein-Westfalen:	21,4 Prozent
Saarland:	18,1 Prozent
Österreich:	
Wien:	27,76 Prozent
Vorarlberg:	7,05 Prozent

In der Politik sind Frauen heute stärker sichtbar als je zuvor. Speziell in Deutschland, wo seit 2006 Angela Merkel Bundeskanzlerin ist. Ihre Regierung besteht zu 40 Prozent aus Frauen. Blickt man aber auf die unteren Ebenen, so verändert sich das Bild: Der Frauenanteil an den Abteilungsleiterinnen und Abteilungsleitern der deutschen Ministerien liegt nur mehr bei 23,6 Prozent.

In Österreich sind Frauen auch in der Politik stark unterrepräsentiert: Lediglich 28,57 der Regierungmitglieder unter Bundeskanzler Werner Faymann (SPÖ) sind weiblich. Das war auch schon anders. Unter Bundeskanzler Alfred Gusenbauer (2007–2008) lag der Ministerinnenanteil bei 43,75 Prozent. Etwas mehr Frauen als Männer in der Regierung, nämlich 31 Prozent, finden sich derzeit unter den Abgeordneten des österreichischen Parlaments. Bedenkt man aber, dass der Frauenanteil in der Bevölkerung bei 51,2 Prozent liegt, sind Frauen auch im Hohen Haus unterrepräsentiert.

LÄNDER MIT DEM GERINGSTEN GENDER GAP (2014)	
1.	Island
2.	Finnland
3.	Norwegen
4.	Schweden
5.	Dänemark

12.	Deutschland
36.	Österreich

So verwundert es auch nicht, dass Österreich beim »Gender-Gap-Ranking« des World Economic Forum 2014 nur den 36. Rang erreichte. Deutschland ist – nicht zuletzt dank einer Bundeskanzlerin – immerhin auf den 12. Platz gerutscht.

12. Das Kopftuch ist ein politisches Symbol

Nur eine Minderheit aller Musliminnen in Deutschland trägt außer Haus regelmäßig ein Kopftuch: Die Mehrheit davon bedeckt ihren Kopf freiwillig. Das Hauptmotiv für das Tragen eines Kopftuchs liegt in einer religiösen Überzeugung.[44] Dies deutet darauf hin, dass die Betroffenen selbst das Kopftuch nicht als Symbol ihrer Unterdrückung empfinden. Wie soll man also mit dem Kopftuch umgehen? Die beste Antwort auf diese Frage haben muslimische Frauen selbst. Das »Aktionsbündnis muslimischer Frauen in Deutschland«, das Frauen aller muslimischen Richtungen und Prägungen vereint, besteht auf einem freien Wahlrecht aller Frauen weltweit: Keine soll zum Tragen des Hidschab gezwungen werden, aber jede soll dazu berechtigt sein. Denn es besteht kein Unterschied, ob man eine Frau dazu zwingt, ein Kopftuch zu tragen, oder ob man es ihr verbietet. Sowohl die Kopftuchpflicht als auch das Kopftuchverbot sind Beschränkungen des freien Willens und damit Ausdruck von Unterdrückung. Wer Frauen ernst nimmt, überlässt die Entscheidung ihnen selbst – auch oder gerade wenn sie Musliminnen sind.

Ein kleines Stück Stoff sorgt für Aufregung. Es sei ein politisches Statement, unterdrücke die Frauen und verhindere die Integration. Kann ein Kopftuch tatsächlich eine solche Wirkung entfalten?

Bei genauerer Betrachtung wird die Angelegenheit noch rätselhafter. Nicht jedes Kopftuch regt auf. Entscheidend ist, wer es trägt. Erst wenn ein Kopftuch das Haupthaar einer Muslimin verhüllt, wird es vom Modeaccessoire zur politischen Botschaft, zum Unterdrückungsinstrument und Integrationshindernis. Seit bald zehn Jahren flammt in Deutschland und Österreich immer wieder die Diskussion auf, ob man muslimischen Frauen das Tragen eines Kopftuchs in der Öffentlichkeit oder zumindest an bestimmten Orten (z.B. Ämtern, Schulen, Gerichten) verbieten soll.

Argumente gegen das Kopftuch

»Wir leben in einem Land, das an christlichen und demokratischen Werten orientiert ist. Das Kopftuch wird von uns als Symbol der Unterdrückung der Frau und fehlender Gleichberechtigung betrachtet. Es widerspricht somit nicht nur den entsprechenden Bestimmungen des Grundgesetzes, sondern auch den Werten, die wir unseren Schülerinnen und Schülern vermitteln wollen. Das Tragen von Kopftüchern ist deshalb an unserer Schule unerwünscht.«
(Brief des Schulleiters der Düsseldorfer Anne-Frank-Realschule an die Eltern im Jahr 2008 zur Begründung für das Kopftuchverbot im Unterricht[45])

Ist das Kopftuch muslimisch?

Es gibt unterschiedlichste Arten von Kopftüchern. Kopftücher werden von Bäuerinnen, Ordensschwestern und Marathonläufern getragen. In den 1960er-Jahren setzte die Schauspielerin und spätere Fürstin von Monaco, Grace Kelly, mit großen, dunklen Sonnenbrillen und einem das Haupthaar eng verdeckenden Kopftuch einen Modetrend, dem die weiblichen Stars der damaligen Zeit, von Marilyn Monroe bis Janis Joplin, folgten. Im deutschen Sprachraum waren goldbestickte Kopftücher beim sonntäglichen Kirchgang das Erkennungszeichen gutsituierter Bürgerfrauen. Katholikinnen tragen noch heute Kopftuch, wenn sie zur Papstaudienz zugelassen werden. Das Kopftuch ist traditioneller Bestandteil vieler alpenländischer Trachten. Krebskranke Männer und Frauen tragen Kopftücher, um den durch Chemo- und Strahlentherapie bedingten Haarausfall zu verbergen. Radsportler tragen es unter dem Helm, um den Schweiß aufzufangen.

Das Kopftuch ist also nicht typisch muslimisch. Doch wenn von »dem Kopftuch« als Symbol und Instrument der Unterdrückung von Frauen die Rede ist, sind alle diese Kopftücher nicht gemeint. Gemeint sind dann von Musliminnen getragene Kopftücher. Weil der Islam frauenfeindlich sei und das Kopftuch ein äußeres Zeichen der Unterdrückung muslimischer Frauen.

Ist das Kopftuchtragen eine religiöse Pflicht?

Ob der Islam eine religiöse Verpflichtung zur »Bedeckung« vorsieht, ist unter muslimischen Gelehrten umstritten. Zwar befürwortet eine Mehrheit das Bestehen einer solchen Pflicht. Einzelne Glaubensrichtungen, etwa die Aleviten, lehnen dies aber ab oder sehen eine Verpflichtung der Frau zur Bedeckung nur, während sie betet. Selbst unter jenen, die eine solche religiöse Verpflichtung behaupten, ist deren Ausmaß umstritten. Das Spektrum reicht von einer Pflicht zur Verhüllung vor allem des Haupthaars bis zu einer Pflicht zur Ganzkörperverhüllung, die lediglich ein vergittertes Sichtfenster für die Augen freilässt.

»Das Kopftuch« wurde zum Schlagwort politischer Diskussionen über Frauenrechte im Islam und die Integrationswilligkeit muslimischer Zuwanderer. Dieses Schlagwort übersieht, dass selbst jene Muslime, die von einer religiösen Verpflichtung zur Bedeckung einzelner oder aller Körperteile muslimischer Frauen ausgehen, gar nicht von einer »Kopftuchpflicht« sprechen. Sie sprechen vom Hidschab.

Entgegen der europäischen Wahrnehmung beschränkt sich der Hidschab als Kleidervorschrift für Musliminnen aber nicht auf das Bedecken der Haare durch ein Kopftuch. Gläubige Musliminnen verstehen darunter vorrangig einen islamisch begründeten Kleidungsstil, dessen Zweck in der Bedeckung aller Körperteile – ausgenommen Hände, Füße und Gesicht – liegt. Diese Kleidung ist körperfern und weit geschnitten. Das Kopftuch selbst ist nur ein Detail dieses Kleidungsstils. Dennoch entzündet sich die öffentliche Diskussion immer an diesem Detail und lässt den – für die meisten Menschen offenbar weitaus weniger auffälligen – Rest unberücksichtigt.

Ist das Kopftuch ein Symbol weiblicher Unterdrückung?

Manche Textstellen im Koran vermitteln ein Frauenbild, das einem aufgeschlossenen westlich geprägten Weltbild entgegensteht. So weist Mohammed gläubige Frauen an, zu Hause zu bleiben: »Wenn ihr gottesfürchtig seid, so seid nicht entgegenkommend in der Rede (mit fremden Männern; Anm), sodass der, in dessen Herz Krankheit ist, lüstern wird, sondern sprecht geziemende Worte. Und sitzet still in euren Häusern und schmücket euch nicht wie in der früheren Zeit der Unwissenheit.«[46]

Aber auch das Frauenbild der Bibel ist in weiten Teilen nicht besonders modern. Dennoch nimmt das christlich geprägte Europa für sich in Anspruch, Frauenrechte zu achten und gegen die Unterdrückung von Frauen anzukämpfen. Archaische Textstellen in den »heiligen« Büchern einer Religion bedeuten also nicht automatisch, dass von dieser Religion geprägte Gesellschaften frauenverachtend oder -unterdrückend agieren.

Wieso gehen viele dennoch davon aus, dass der Islam Frauen benachteilige? Kaum sehen wir Kopftücher und Totalverschleierungen, fühlen wir uns in unserer Meinung bestätigt, dass der Islam rückständig und frauenfeindlich sei. Aber was wissen die meisten von uns schon über die Frauenrolle im Islam? Wer weiß denn, dass im Islam auch Frauen hohe religiöse Positionen bekleiden können? Zum Beispiel gibt es weibliche Imame. Sie leiten Gebete, predigen und geben Koranstunden – unter anderem auch in Deutschland.[47] Auch Mohammeds Ehefrau Chadischa war durchaus emanzipiert: Sie war Geschäftsfrau und sogar wohlhabender als der Prophet.

Bedeckt – offen

»Bedeckt« oder »offen« sind die Begriffe, die deutschsprachige muslimische Frauen für die Unterscheidung verwenden, ob sich eine Frau aus religiösen Gründen zur »Bedeckung« bestimmter Körperpartien verpflichtet fühlt (und dieser Verpflichtung folgt). Wer sich »bedeckt« oder wer »bedeckt ist«, achtet die Bedeckungspflicht in einer ihrer Ausprägungen (Hidschab). »Offen« sind Frauen, die diese Verpflichtung nicht anerkennen bzw. sie nicht befolgen.

Zwar sind Wissensträger und Meinungsführer innerhalb der islamischen Religionsgemeinschaft auch in Europa noch zu einem großen Teil Männer. Das bedeutet aber nicht, dass der Islam an sich frauenfeindlich ist. Es gibt muslimische Feministinnen, die gerade mit dem Hinweis auf den Koran Frauenrechte einfordern. In Deutschland ist beispielsweise das »Zentrum Islamischer Frauenforschung und Frauenförderung« aktiv. Ein Schwerpunkt weiblicher muslimischer Gelehrter ist, andere Frauen in islamischer Theologie zu bilden. Sie wollen die derzeit vorherrschende männliche Dominanz im Bereich islamischen Wissens durchbrechen und ermutigen Frauen zu einem theologischen Hochschulstudium.[48]

Viele islamische Feministinnen stehen der vor allem in Frankreich, Deutschland und Österreich geführten Kopftuchdebatte ablehnend gegenüber. Denn nach ihrer Überzeugung ist das Kopftuch allenfalls ein Randproblem. Und die intensive Debatte über dieses Randproblem lenkt von Problemen ab, mit denen muslimische Frauen in vielen Staaten tatsächlich zu kämpfen haben.[49] So bleiben in manchen muslimisch geprägten Staaten Vergewaltigungen für die männlichen Täter straflos (oder werden bloß mit geringfügigen Strafen geahndet), während den weiblichen Vergewaltigungsopfern manchmal die Todesstrafe durch Steinigung droht, weil sie »unerlaubten« Sex hatten. Ob sie wollten oder nicht, ist für einige muslimische Fanatiker unerheblich. In anderen Staaten ist Frauen das Autofahren verboten (z.B. in Saudi-Arabien) oder der Zugang zu Bildung faktisch verwehrt (z.B. in einigen Regionen von

Afghanistan und Pakistan). Anderswo sind Zwangsehen üblich, bei denen halbwüchsige Mädchen noch vor Eintritt der Pubertät und gegen ihren Willen an erwachsene, manchmal schon ältere Männer »verheiratet« werden. Wer sich ernsthaft für die Rechte muslimischer Frauen engagieren will, habe also drängendere Probleme als die Kopftuchdebatte.

»Das Kopftuch« gibt es nicht – Arten muslimischer Bedeckungen

Burka: Stofftuch, das den Körper vollständig verhüllt. Auf dem Rücken bodenlang, vorne oft nur bis zur Hüfte reichend, ist die Burka eine Ganzkörperverschleierung, die insbesondere in Afghanistan und Pakistan getragen wird. Die afghanische Burka verfügt im Gesichtsbereich über ein Sichtfenster aus einem Stoffgitter, das der vollverschleierten Frau eine beschränkte »Außensicht« ermöglicht. Pakistanische Burkas lassen den Augenbereich meist frei.

Carsaf: türkische Vollverschleierung. Carsaf bedeutet »Betttuch«. Der Carsaf ist schwarz und besteht meist aus zwei Teilen – einem Tuch, das bis über die Hüfte herabhängt, und einem bodenlangen Rock.

Hidschab (auch Hijab): islamisch begründeter Kleidungsstil, dessen Zweck in der Bedeckung aller Körperteile mit Ausnahme der Hände, der Füße und des Gesichts liegt.

Niqab: schwarzer Gesichtsschleier, der meist in Verbindung mit einem anderen langen schwarzen Kleidungsstück getragen wird. Oft wird der Niqab mit dem Tschador kombiniert. Der Niqab ist vor allem in Saudi-Arabien und im Jemen, aber auch in Syrien, dem Irak und Jordanien sowie in einzelnen nordafrikanischen Staaten verbreitet.

Tschador: iranische Spielart der Vollverschleierung. Er besteht aus einem – meist schwarzen – halbkeisförmigen Tuch, das sich die Frau als Umhang überwirft, sodass es lediglich das Gesicht oder Teile des Gesichts freilässt.

Ist nun das Kopftuch Ausdruck einer religiös motivierten Unterdrückung? Wenn dem so wäre, müsste der (unterdrückte) Großteil aller Frauen muslimischen Glaubens Kopftuch tragen. Aber über 70 Prozent aller Musliminnen in Deutschland tragen kein Kopftuch. Selbst jene Frauen, die sich selbst als stark gläubig bezeichnen, verzichten zu mehr als der Hälfte auf das Kopftuch. So kommt es, dass tatsächlich nur 25 Prozent aller Musliminnen in Deutschland außer Haus immer ein Kopftuch tragen.[50] Werden diese Frauen dazu gezwungen, ihr Haupt zu bedecken? Nein. Die Mehrheit gibt an, sich selbst dazu entschieden zu haben.[51]

13. Wer ein Kopftuch trägt, will sich nicht integrieren

Das Kopftuch mag durchaus manchmal Ausdruck sehr traditioneller muslimischer Überzeugungen sein. Diese können den Überzeugungen einer aufgeklärten Gesellschaft tatsächlich entgegenstehen. Einzelaspekte des Kopftuchtragens können aber auch integrationsfördernde Wirkung haben. Auch der Schluss, dass Kopftuchträgerinnen prinzipiell rückständig sind und aus westlicher Sicht überkommenen Überzeugungen anhängen, ist falsch. Das Kopftuch selbst behindert die Integration nicht. Allerdings wird es manchmal zum Integrationshindernis gemacht: durch die Mehrheitsgesellschaft, die Kopftuchträgerinnen nicht als gleichwertig akzeptiert.

In Medienberichten über integrationsunwillige Zuwanderer taucht ein Bildsujet verlässlich auf: Frauen mit Kopftuch. Mit diesen Bildern wird eine Botschaft transportiert, die wir alle verstehen: Diese Frauen sind alten Denkmustern verhaftet, die dem »aufgeklärten Europa« entgegenstehen. Aber stimmt das tatsächlich? Ist das Kopftuch Ausdruck eines Unwillens, Teil unserer Wertegemeinschaft zu werden? Verhindert es gar die Integration seiner Trägerin?

Tatsächlich ist das Kopftuch für viele muslimische Frauen vor allem eines: äußeres Erkennungszeichen ihrer Religiosität. 97 Prozent aller muslimischen Kopftuchträgerinnen geben auf Befragen an, das Kopftuch aufgrund einer empfundenen religiösen Verpflichtung zu tragen. Die überwiegende Mehrzahl dieser religiösen Kopftuchträgerinnen gibt auch an, dass die islamische Religion der christlichen überlegen sei. Immerhin noch ein Drittel lehnt sogar die Aussage ab, dass alle Menschen unabhängig von ihrem Glauben vor Gott gleich seien.[52] Mit der von diesen Kopftuchträgerinnen ausgedrückten Religiosität schwingen also auch Überzeugungen mit, die eine Integration in eine aufgeklärte, säkularisierte Gesellschaft zumindest nicht erleichtern.

Kopftuch als Integrationshindernis?

67 Prozent der Österreicher sind der Meinung, dass das Kopftuch das größte Integrationshindernis sei. Das islamische Religionsbekenntnis selbst werten »nur« 33 Prozent als großes Hindernis.[53]

In derselben Studie gaben aber auch 87 Prozent der befragten Kopftuchträgerinnen an, dass ihnen das Kopftuch Selbstvertrauen gebe. Das Tragen eines Kopftuchs stärkt diese Frauen in ihrem Auftreten, da sie von anderen Muslimen als gläubige Musliminnen erkannt und respektiert werden. Das Kopftuch verschafft ihnen Respekt im Alltag und erleichtert den Zugang zum Berufsleben. Mit Kopftuch können sich diese Frauen leichter gegenüber männlicher Konkurrenz, Mitarbeitern und Kunden beweisen. Es öffnet ihnen sogar die Tür in »typisch männliche« Berufe, zum Beispiel als selbstständige Autohändlerin.[54]

Frauen, die eine Bildungseinrichtung besuchen oder einen Beruf ausüben, müssen ihr Zuhause und damit den Kreis ihrer Familie regelmäßig für mehrere Stunden verlassen. Diese Frauen bauen zwangsläufig außerfamiliäre Kontakte und freundschaftliche Beziehungen auf. Gerade darum geht es aber auch bei Integration – die Einbeziehung von Menschen in das bestehende Beziehungsgeflecht, am Arbeitsplatz, in der Nachbarschaft, im Freundeskreis.

Manche Frau nützt das Kopftuch auch gezielt, um mit den Erwartungen der eigenen, konservativ geprägten Familie zurechtzukommen. So fällt jungen Mädchen aus traditionell geprägten muslimischen Elternhäusern die Durchsetzung ihres Studienwunsches oft leichter, wenn sie ein Kopftuch tragen. Die sittsam-strenge Bedeckung des Haares entkräftet den Verdacht der Familie, die Tochter wolle bloß auf die Universität, um sich zu amüsieren. Ein Kopftuch zu tragen eröffnet also manchem muslimischen Mädchen die Möglichkeit, seinen Aktionsradius zu erweitern.[55]

Mancher Patriarch verlangt von seinen Töchtern tatsächlich auch heute noch, außer Haus ein Kopftuch zu tragen. Mädchen aus solchen Familien wäre der Besuch einer Bildungseinrichtung, an der ein Kopftuchverbot herrscht, schlichtweg unmöglich. Anstatt mit gleichaltrigen Jugendlichen in die Schule oder auf die Universität zu gehen, Freundschaften zu schließen und so auch Familien ohne Migrationshintergrund kennenzulernen, müssten diese Mädchen zu Hause bleiben. Echte Integration ist unter diesen Umständen nicht möglich. Die oft unter dem Deckmantel der »Integrationsförderung« geforderten Kopftuchverbote erleichtern Integration also keineswegs. Sie sind vielmehr ein Integrationshemmnis.

Dass Kopftuchverbote nicht zu mehr Bewegungsspielraum für muslimische Frauen führen, lässt sich in deutschen Freibädern beobachten. Zwar unterstützen viele Muslime, dass ihre jugendlichen Töchter schwimmen lernen. Den rund 100 Euro teuren »Burkini«, ein dem Hidschab entsprechender Ganzkörperschwimmanzug, können sich viele aber nicht leisten. Viele junge muslimische Frauen trugen in der Vergangenheit daher Leggins und T-Shirts, um auch im Freibad jene Kleidungsvorschriften zu achten, deren Einhaltung sie als religiöse Verpflichtung begreifen. In manchen Bädern ist die Benützung der Schwimmbecken in dieser Bekleidung allerdings verboten. Viele der betroffenen jungen Mädchen benutzen nun gar keine Freibäder mehr.[56] Anstatt wie »ganz normale« Jugendliche im Freibad abzuhängen, müssen sie zu Hause bleiben. Resultat des antimuslimischen Bekleidungsverbots: Die muslimischen Mädchen bleiben unter sich, ihre Brüder und die nicht-muslimischen Klassenkollegen feiern am Pool. Integration sieht anders aus.

Dass Kopftuchverbote den Bewegungsspielraum von Frauen beschränken, ist auch historisch belegt. In den 1930er-Jahren erließ der prowestlich orientierte persische Schah (das damalige iranische Staatsoberhaupt) ein Kopftuchverbot und wies seine Polizei an, dieses auch durchzusetzen. Damit wollte der Schah die konservativ geprägte persische Gesellschaft den westlichen Idealen öffnen. Die Wirkung des Kopftuchverbots war aber eine andere: Manche Frauen trauten sich jahrelang nicht auf die Straße, weil sie nicht so »entblößt« von fremden Männern gesehen werden oder so freizügig gekleidete Frauen nicht anschauen wollten. Durch das Kopftuchverbot fühlten sich diese Frauen dazu genötigt, jenen Bereich nicht mehr zu verlassen, innerhalb dessen das Tragen des Kopftuchs ihrem Glauben nach nicht vorgeschrieben war – den eigenen Haushalt und den engsten Familienkreis. Ganz egal, ob diese Frauen diesen Entschluss aus einer selbst empfundenen religiösen Verpflichtung heraus fassten oder auf Anordnung »mächtigerer« Familienmitglieder (Väter, Brüder, ältere Frauen), gegen die sie sich nicht durchsetzen konnten – die Wirkung war dieselbe. Frauen, die sich vor dem Kopftuchverbot am gesellschaftlichen Geschehen beteiligt hatten, waren plötzlich zu jahrelangem Hausarrest gezwungen. Entgegen der Absicht des Schahs hat das Kopftuchverbot also nicht zu mehr Rechten und Bewegungsspielraum für Frauen geführt. Stattdessen hat es vorhandene Bewegungsfreiheiten der betroffenen Frauen vernichtet und ihren Aktionsradius auf den engsten Familienkreis eingeschränkt.

»Es ist wichtig, was wir im, nicht was wir auf dem Kopf haben.«
Magdoulin Obeida (Libyen)[57]

Es funktioniert aber auch andersrum. Der deutsche Sportverein Borussia Hannover hat in seinem Klubhaus abschließbare Umkleideräume und strikt nach Geschlechtern getrennte Duschkabinen eingerichtet, die nur von einer Seite zugänglich sind. Das kommt den Bedürfnissen muslimischer Sportlerinnen entgegen. In den fünf Frauen- und Mädchenteams von Borussia Hannover kicken inzwischen etwa 50 muslimische Mädchen. Wer auf muslimische Bedürfnisse Rücksicht nimmt, erzielt mit etwas Glück seine Integrationserfolge »automatisch und nebenbei«.[58]

Fußballspielende Kopftuchträgerinnen – das passt nicht in das Klischeebild der integrationsunwilligen Kopftuchfrauen. Trotzdem: 63,6 Prozent aller Kopftuchträgerinnen fühlen sich stark bzw. sehr stark mit Deutschland verbunden.[59] Das klingt gar nicht nach mangelhafter Integration. Vielmehr sind offenbar zwei Drittel selbst der »Problemfälle« sehr gut integriert.

Auch in Beziehungsfragen dürften Kopftuchträgerinnen nicht weniger aufgeschlossen sein als ihre kopftuchlosen Altersgenossinnen. Eine in Deutschland durchgeführte Studie ergab, dass kopftuchtragende Frauen keineswegs hinter ihren männlichen Partnern zurückstehen wollen. Sie wünschen sich im gleichen Ausmaß gleichberechtigte Partnerschaften wie die durchschnittliche deutsche Frau. Das Kopftuch lässt also keinen Rückschluss zu, ob eine Frau Gleichberechtigung oder die Unterordnung unter einen Patriarchen wünscht. Auch auf dieser Ebene ist das Kopftuch kein Integrationshindernis.

Die Frage ist aber nicht nur, ob sich jemand integrieren will, sondern auch, ob diese Person von der Mehrheitsgesellschaft angenommen wird. Was nützen Integrationsanstrengungen, wenn man vom eigenen Umfeld ohnehin nicht akzeptiert wird? Dieser

Teilaspekt der Integration liegt außerhalb des Einflussbereichs der Kopftuchträgerinnen. Ob dieser Teilaspekt besser oder schlechter funktioniert, kann nur die Mehrheitsgesellschaft beeinflussen. Und da gibt es noch viel zu tun: 35,1 Prozent aller Ausbildungsbetriebe in Deutschland gaben in einer Umfrage an, keine Frauen mit Kopftuch einzustellen.[60] Auf dem Arbeitsmarkt ist das Kopftuch also eindeutig ein Integrationshindernis – aber nicht, weil sich Kopftuchträgerinnen nicht integrieren, sondern weil die Arbeitswelt ihnen die Integration verweigert.

14. Der Islam ist eine kriegerische Religion

»Der Islam« ist weder eine friedliche noch eine kriegerische Religion. Warum? Es gibt ihn schlichtweg nicht. Es gibt bloß, was seine Gläubigen daraus machen. Das gilt für jede Religion. Im Guten wie im Schlechten. Deshalb gehört auch der Djihadismus zum Islam. Als Randerscheinung – denn die allermeisten Muslime wollen kein Blutvergießen im Namen ihrer Religion, sondern dasselbe wie die allermeisten Christen, Juden, Buddhisten und der Rest der Welt: ein Leben in Frieden.

Spätestens seit den Terrorattacken von 9/11 in New York, den weltweiten Anschlägen des Terrornetzwerks Al Kaida und dem Terrorregime des Islamischen Staats (IS) in Syrien und im Irak fragen sich viele: Ist der Islam eine mörderische Religion?

Historischer Rückblick

Auf den ersten Blick spricht viel für eine kriegerische Natur des Islam. Schon 30 Jahre nach dem Tod des Religionsgründers Mohammed (632 n. Chr.) waren der gesamte Nahe Osten, Syrien, Mesopotamien, Ägypten, Palästina und die Arabische Halbinsel, von muslimischen Kalifen erobert. 80 Jahre nach Entstehung des Islam drangen muslimische Heere tief nach Europa vor. Ihr Eroberungsfeldzug wurde erst 1356 in der Schlacht von Portiers gestoppt. Das Kalifat von Córdoba in Spanien hielt sich danach noch 500 Jahre. 1248 eroberten christliche Heere die letzten südspanischen Gebiete zurück. Im deutschen Sprachraum sind besonders die beiden Türkenbelagerungen Wiens 1529 und 1683 im Gedächtnis geblieben. Historisch betrachtet waren muslimische Herrscher also durchaus expansiv eingestellt.

> »Zeig mir doch, was Mohammed Neues gebracht hat, und da wirst du nur Schlechtes und Inhumanes finden wie dies, dass er vorgeschrieben hat, den Glauben, den er predigte, durch das Schwert zu verbreiten.«
>
> (Der byzantinischen Kaiser Manuel II, zitiert nach Papst Benedikt XVI in seiner am 12.9.2006 an der Universität Regensburg gehaltenen Vorlesung)

Auf eine friedliche Geschichte kann sich aber auch das Christentum nicht berufen. Kurz nach dem Jahr 1000 rief Papst Urban zu den Kreuzzügen auf, im Zuge derer christliche Ritterheere weite

Landstriche der damaligen islamischen Welt verwüsteten. Nach manchen Schätzungen kosteten diese vom christlichen Europa in muslimische Gebiete getragenen Kriege mehrere Millionen Menschenleben.

> »Ein Ritter Christi tötet mit gutem Gewissen. (...) Wenn er tötet, nützt er Christus.«
> (Kreuzzugprediger Bernhard von Clairvaux (etwa 1090 bis 1153), zitiert nach Nikolas Broy, Buddhismus und Gewalt (2006), 2)

Mit der Entdeckung Amerikas begann die »Conquista«, die Eroberung der indigenen Großreiche Lateinamerikas. Die »Conquistadores« sollten Lateinamerika nicht bloß für den spanischen König erobern, sondern es auch zum Christentum »bekehren«. Sie gingen dabei äußerst brutal vor. Gemetzel, Plünderungen, herbeigeführte Hungersnöte und eingeschleppte Krankheiten forderten einen hohen Blutzoll. Die Bevölkerungszahl des Inkareichs sank innerhalb eines Jahrhunderts von 15 Millionen auf eine Million Menschen. Oder andersrum: Nach der Eroberung und »Bekehrung« des Inkareichs waren 14 von 15 Einheimischen tot. Diese brutalen christlichen Eroberungen setzten sich in späteren Jahrhunderten in Asien und Afrika fort. Dennoch betrachten wir das Christentum heute nicht als kriegerische Religion.

> »Die Kirche verfolgt aus Liebe, die Gottlosen aus Grausamkeit.«
> (Kirchenvater Augustinus, 354 bis 430)

Denn früher wie heute waren religiöse Motive für Eroberungskriege oft nur vorgeschoben. So wollte man die wirtschaftlichen oder machtpolitischen Motive verschleiern. Es waren nämlich nicht die Religionen, die zu Eroberungskriegen aufbrachen, sondern Politiker (Herrscher), die ihre weltlichen (Macht-)Interessen durchsetzen wollten und religiöse Ziele höchstens nebenher verfolgten. Das gilt für christliche Könige, Kaiser und Kanzler ebenso wie für muslimische Kalifen, Emire und Großwesire.

Ist der Koran grausam und brutal?

Manchmal spricht der Koran eindeutig von Gewalt gegen Ungläubige. »Tötet die Heiden, wo immer ihr sie findet, greift sie, umzingelt sie und lauert ihnen überall auf!«, fordert der »Schwertvers«.[61] Selbst die grausamen Geiselenthauptungen durch IS-Terroristen scheint er vorwegzunehmen: »Wenn ihr die Ungläubigen trefft, dann herunter mit dem Haupt, bis ihr ein Gemetzel unter ihnen angerichtet habt«.[62]

Führende Islamwissenschaftler sind sich aber einig, dass diese Textstellen keine Aufforderung zu gewaltsamen Angriffen auf Nichtmuslime sind. Sie beschreiben bloß Situationen, in denen Nichtmuslime Muslime gewaltsam zur Abkehr vom Islam nötigen. Nur dann soll Gewalt zulässig sein. Der bewaffnete Djihad soll der Sicherung des Islam dienen, nicht aber der »Einprügelung von Glauben«. Nach den einflussreichsten muslimischen Gelehrten ist es verboten, Menschen zwangsweise zum Islam zu bekehren.[63]

Gewalttätige Texte findet man nicht nur im Koran. Auch die Bibel spricht eine raue Sprache. Das Alte Testament berichtet wiederholt von Kriegen, die im Namen Gottes geführt wurden, z.B. von den Eroberungskriegen zum Aufbau des israelitischen Staates. Auch hier finden sich Gewaltaufrufe. So beschwert sich Moses, dass seine Soldaten zwar die Männer eines unterworfenen Volkes getötet, Frauen und Kinder aber am Leben gelassen haben. Er befiehlt, auch alle Buben und männlichen Säuglinge sowie alle Frauen zu töten, die keine Jungfrauen mehr sind.[64] Selbst Jesus klingt nicht immer friedlich: »Ich bin nicht gekommen, um Frieden zu bringen, sondern das Schwert.«[65] Und dennoch ist die zentrale Botschaft des Christentums eine andere: »Du sollst deinen Nächsten lieben wie dich selbst.«[66] Im Koran klingt das nicht viel anders: »Seid gut zu dem Nachbarn, sei er einheimisch oder aus der Fremde.«[67]

Bibel und Koran zeigen allerdings eine unterschiedliche Entwicklung. In der Bibel sprechen vor allem ältere Textstellen von Gewalt, während das Neue Testament stark von Nächstenliebe, Friedfertigkeit und Toleranz geprägt ist. Der Koran ist oft in älteren Texten friedlicher und toleranter als jüngere Suren. Beispielsweise war Alkoholgenuss im Islam zunächst erlaubt. Später war es verboten, betrunken zu beten. Letztendlich kam es zum Totalverbot von Alkohol als »Werk des Satans«.[68] Andere Themen behandelt der Koran ähnlich widersprüchlich. Gerade jüngere Suren widersprechen auch der ursprünglichen Toleranz gegenüber Andersgläubigen. Radikale Islamisten sehen dadurch tolerantere (ältere) Anweisungen Allahs aufgehoben und durch intolerantere (jüngere) ersetzt.

Im Koran finden sich deshalb friedliche und kriegerische, tolerante und restriktive Inhalte. Diese Widersprüche thematisiert der Koran selbst und fordert Gelehrte zum Streit über die richtige Interpretation auf.[69] Mohammed soll dazu gesagt haben, dass jeder Koranvers sieben Ebenen und jede Menge verborgener Botschaften habe. So lässt sich der Koran sowohl kriegerisch und intolerant als auch friedlich und tolerant interpretieren – je nach Absicht. »Suren-Bingo« nennt das die deutsche Tageszeitung *taz*.[70]

Djihad mit Waffe, Zunge oder Feder?

Widersprüche finden sich im Koran insbesondere zu einer zentralen Frage angesichts islamistisch motivierten Terrors: Gibt es eine Pflicht zum Djihad, also zum Kampf gegen Andersgläubige?

Islamistische Terroristen berufen sich auf eine von Gott angeordnete derartige Pflicht. Immerhin bestimmt der Koran: »Und wenn sie (die Ungläubigen; Anm.) den Rücken kehren, ergreift sie und tötet sie, wo immer ihr sie findet.«[71] Aber ordnet Allah damit den bewaffneten Djihad gegen Andersgläubige an?

Muslimische Gelehrte stimmen darin überein, dass jeder Muslim zum Djihad verpflichtet ist. Für die meisten Gelehrten ist der Djihad aber gewaltlos und keine Anordnung zur gewaltsamen Verbreitung des Islam. Djihad bedeutet bloß die muslimische Pflicht, sich in allen Lebensbereichen »für Allah anzustrengen«.[72] So sollen Andersgläubige friedlich vom Islam überzeugt werden.[73] Dieser Djihad wird weder mit Sprengsätzen noch mit Schlachtmessern geführt, sondern in Wort (Djihad mit der Zunge; Djihad al-lisan) und Schrift (Djihad mit der Schreibfeder; Djihad al-kalam). Djihad meint also den Aufruf zur friedlichen Missionierung durch Überzeugung und Argumentationsarbeit.

Einen solchen Missionsauftrag kennt auch das Christentum, das dabei auch nicht immer zimperlich vorging.[74] Christliche Missionare »missionierten« im direkten Gefolge von Eroberungstruppen ganze Kontinente. Über die dabei verübten Massenmorde und Folterungen an Einheimischen berichtet z.B. der »Kurzgefasste Bericht über die Verwüstung der westindischen Länder«, in dem der Mönch Bartolomé de las Casas 1552 unter anderem von Häutungen, Pfählungen und dem »Grillen« lebender Indigener zu deren »Läuterung« und Christianisierung berichtet. Noch heute halten viele christliche Glaubensgemeinschaften an ihrem Missionierungsauftrag fest. Begreifen wir das Christentum deshalb als aggressive Eroberungsreligion?

Radikale Muslime und andere Fundamentalisten

Radikale Muslime interpretieren Inhalte des Korans ganz anders als gemäßigte Muslime. Sie ignorieren jene Texte, die Friedfertigkeit und Toleranz anordnen, und beachten nur die kriegerischen Textstellen.

Meinungsunterschiede bestehen insbesondere darüber, ab wann ein Verhalten Andersgläubiger als Bedrängen zählt, mit dem Muslime von ihrem Glauben abgebracht werden sollen. Diese Frage ist zentral, weil »bedrängte« Muslime sich auch nach Ansicht gemäßigter Islamgelehrter gewaltsam wehren dürfen. Gemäßigte Muslime haben in diesem Punkt ein ähnliches Verständnis wie christlich geprägte Europäer. Sie akzeptieren nur besonders schwerwiegende Angriffe als Rechtfertigung für Notwehr. Hingegen deuten radikale Islamisten oft schon Kleinigkeiten als Angriffe, die eine gewaltsame Abwehr rechtfertigen sollen. Für sie erlauben schon kleinste Nebensächlichkeiten wie zu kurze Röcke oder unverschleierte Haare Gewalt gegen Andersgläubige.

Aber radikale Fundamentalisten gibt es in jeder Religion. Auch christliche Fundamentalisten haben in jüngster Vergangenheit grausame Attentate verübt. In den USA ermorden bis heute (christliche) religiös-fanatische Abtreibungsgegner Ärzte, die Abtreibungen vornehmen, und verüben Brand- und Sprengstoffanschläge auf deren Kliniken. Der Norweger Anders Breivik hat an einem einzigen Tag 77 Menschen ermordet, die meisten in einem Ferienlager auf der Insel Utøya. Viele seiner Opfer waren Jugendliche. Nach Polizeiangaben war Breivik »christlich-fundamentalistisch« orientiert. Sowohl katholische als auch evangelische Glaubensvertreter haben Breiviks Attentat verurteilt und betont, dass diese Taten nicht mit dem christlichen Glauben in Einklang stehen. Für europäische Christen wäre die Schlussfolgerung, dass Breiviks Gräueltaten Rückschlüsse auf das Wesen des Christentums zulassen, völlig absurd.

Genauso distanzieren sich die Vertreter europäischer Muslime nach Attentaten radikaler Muslime glaubhaft von den Forderungen der Drahtzieher. Führende muslimische Vertreter aller europäischen Länder haben die Anschläge auf die Pariser Zeitung *Charlie Hebdo* im Januar 2015 ebenso schockiert verurteilt, wie dies Vertreter christlicher und jüdischer Glaubensgemeinschaften taten. Den meisten europäischen Muslimen täte man Unrecht, würde man aus den Taten einzelner Fundamentalisten auf »den Islam« oder »die europäischen Muslime« insgesamt schließen.

Aber es gibt auch radikale Muslime, die solche Gewalttaten gutheißen – vor allem im außereuropäischen Ausland. Die Bilder des schreienden muslimischen Mobs bleiben leicht in unseren Köpfen hängen. Doch er besteht aus radikalen Fundamentalisten, Außenseitern extremer Strömungen. Die »muslimische Mitte« oder gar »den Islam« als Gesamtes repräsentieren diese Schreihälse nicht.

Selbst in den – nach europäischer Auffassung – als besonders friedlich verklärten fernöstlichen Religionen Buddhismus und Hinduismus verdrehen fanatische Fundamentalisten die Botschaft des Friedens und der Sanftmut in jene von Gewalt und Mord. Das rechtfertigt islamistische Gewalt keineswegs. Es zeigt aber, dass religiös motivierte Gewalt kein »islamtypisches« Element ist, sondern von Tätern unterschiedlichster Religion verübt wird.

CHRISTEN UND TERROR

Army of God (AOGD): Die »Armee Gottes« ist eine US-amerikanische christlich-fundamentalistische Terrorgruppe, deren Terror sich vor allem gegen Abtreibungskliniken und deren Personal richtet. Zwischen 1984 und 1994 verübte die Army of God Anschläge auf mehr als 100 Abtreibungskliniken.

Anders Breivik: Am 22. Juli 2011 brachte der norwegische Rechtsextremist Anders Breivik im Osloer Regierungsviertel einen 950 kg schweren Sprengsatz zur Explosion. Dadurch starben acht Personen. Danach tötete er auf der Insel Utøya, auf der das alljährliche Zeltlager der sozialdemokratischen Jugendorganisation stattfand, weitere 69 Menschen, darunter 32 Jugendliche. Breivik bezeichnet sich als »hundertprozentigen Christen« und nannte als ein Ziel den Aufbau einer »al-Qaida für Christen«.

Christian Identity: Die »Bewegung der christlichen Identität« ist ein Sammelbegriff verschiedener US-amerikanischer rechtsextremer Splittergruppen (z.B. Ku-Klux-Klan, Aryan Nations). Die Bewegung ist nicht einheitlich. Gemeinsam ist allen der Glaube an den Anglo-Israelismus, wonach die »nordische Rasse« von den zehn Stämmen Israels abstamme und der wahre Nachfolger des biblischen Israel sei. Einige Splittergruppen glauben überdies, dass nur weiße Menschen die Gunst Gottes finden würden.

Hutaree: Eine US-amerikanische Terrorgruppe, die laut Eigendefinition aus »christlichen Kriegern« besteht und sich darauf vorbereitet, »das Zeugnis Jesu mit dem Schwert gegen den Antichristen zu verteidigen«. Die Hutaree planten, Hunderte Polizisten zu töten, um im anschließenden Chaos einen Putsch zu versuchen. Die Terrorgruppe wurde 2008 aufgedeckt.

Eric Rudolph: Am 27. Juli 1996 verübte Eric Rudolph, ein rechtsextremer fundamentalistischer Christ, während der olympischen Sommerspiele in Atlanta einen Bombenanschlag, bei dem zwei Personen starben und 111 zum Teil schwer verletzt wurden. Rudolph werden außerdem zahlreiche Anschläge auf Abtreibungskliniken und Treffpunkte von Homosexuellen zur Last gelegt.

Und was sagen die Zahlen?

Macht es denn einen Unterschied, ob der Koran zur Aggression oder zum Frieden gegenüber Nichtmuslimen aufruft? Zählen nicht allein die Taten? Zeigt nicht die allgegenwärtige Präsenz islamistischen Terrors in den Nachrichten, dass der Islam gefährlich ist? Schließlich berichten Medien fast täglich über islamistische Fundamentalisten.

Von anderem, nicht islamistisch motiviertem Terror hört man hingegen viel seltener.

Tatsache ist: Zwischen 2006 und 2012 wurden in Europa insgesamt 2.430 Terroranschläge ausgeführt oder gerade noch verhindert. Davon waren lediglich 13 religiös motiviert. Die überwiegende Mehrzahl (99,5 Prozent!) aller Terroranschläge zwischen 2006 und 2012 hatte keinen religiösen Hintergrund. Dieser geringe Anteil religiös motivierter Anschläge ist in den letzten Jahren zwar gestiegen. Aber selbst 2012 lag ihr Anteil bei weniger als 3 Prozent aller Anschläge. Terroranschläge werden in Europa fast ausschließlich von Separatisten, Neonazis, Linksextremisten sowie in geringer Zahl auch von radikalen Tierschützern, Umweltschützern oder Gegnern von Infrastrukturprojekten verübt.

Wie viele der religiös motivierten Anschläge gingen auf das Konto muslimischer Terroristen? Die europaweiten Daten enthalten leider keine Angaben zur Glaubenszugehörigkeit der Attentäter. Eine Medienanalyse zu den sechs im Jahr 2012 mit religiösem Hintergrund registrierten europäischen Terroranschlägen ergibt aber, dass diese ausschließlich durch Muslime verübt wurden. Auch scheint islamistischer Terror gefährlicher zu werden. Allein den beiden Terroranschlägen radikaler Muslime in Paris im Januar 2015 fielen 17 Menschen zum Opfer. Sie forderten damit eineinhalbmal so viele Menschenleben wie alle 2012 verübten, religiös motivierten Terroranschläge in Europa.

2013, im letzten Jahr, zu dem Daten vorliegen, kam es in Europa zu keinem einzigen religiös motivierten Terroranschlag. Das liegt allerdings auch daran, dass die Behörden einige Anschlagspläne gerade noch rechtzeitig aufdecken konnten. Denn die Zahl der verhafteten Terroristen mit religiösen Motiven ist in den vergangenen Jahren stetig angestiegen.

Europas Terroristen werden immer jünger

Das Durchschnittsalter der religiös motivierten Terrorverdächtigen sank innerhalb von zwei Jahren von 32 Jahren (2010) auf 25 Jahre (2012).[75]

In den USA liegen umfangreiche Daten über Terroranschläge vor. Dort wurden zwischen 1970 und 2012 knapp 2.400 Terroranschläge verübt. Davon waren 60 islamistisch motiviert. Das sind 2,5 Prozent aller Anschläge in diesem Zeitraum. Jüdische Fundamentalisten verübten doppelt so viele Anschläge wie Muslime (4,9 Prozent). Fast die dreifache Anzahl geht auf das Konto christlich fundamentalistischer Abtreibungsgegner (7 Prozent).[76]

Die wenigsten Terroristen in Europa und den USA sind also Muslime. Trotzdem verbinden wir Terror gedanklich sofort mit dem Islam. Vielleicht liegt das an der Zunahme islamistisch motivierten Terrors in den letzten Jahren. Vielleicht berichten Medien über islamistischen Terror aber auch bloß besonders aufgeregt. Kein Terroranschlag in Europas jüngster Vergangenheit hat mehr Tote gefordert als jener von Anders Breivik, dem laut Selbstbeschreibung »hundertprozentigen Christen« und Rechtsextremisten. Dennoch fürchten wir uns eher vor muslimischen Fundamentalisten als vor christlichen Rechtsextremisten. Logisch ist das nicht. Betrachtet man die Zahlen, ist Terror in Europa übrigens weder christlich noch muslimisch, sondern ganz überwiegend schlichtweg unreligiös.

Muslimische Terroropfer

Muslime sind nicht nur Täter islamistischen Terrors, sondern auch seine Opfer. Während etwa 2011 in Europa kein einziges Menschenleben durch islamistischen Terror zu beklagen war, verloren in Afghanistan 3.353 und im Irak 3.063 Menschen ihr Leben durch islamistische Terroranschläge. Auch wenn eindeutige Zahlen fehlen: Die Bevölkerungsstruktur dieser Staaten legt nahe, dass die Mehrzahl dieser Opfer selbst Muslime waren.

15. Wir dürfen in islamischen Staaten auch keine Kirchen bauen

Es ist schlicht falsch, dass Christen in islamischen Ländern prinzipiell keine Gotteshäuser bauen dürfen. Ob und wie weit andere Religionen erlaubt sind, ihren Glauben öffentlich auszuüben, ist von Staat zu Staat verschieden. Der Staat, der Christen derzeit am meisten verfolgt, ist aber kein islamischer, sondern das kommunistische Nordkorea. Wer zu Recht kritisiert, dass es in zahlreichen islamischen Staaten an Religionsfreiheit mangelt und als Beweis dafür das Verbot von Kirchenbauten heranzieht, müsste konsequenterweise in seinem eigenen Land dafür eintreten, dass auch Muslime ihre Gotteshäuser errichten dürfen. Denn genau das bedeutet Religionsfreiheit.

Wieso sollen Muslime bei uns Moscheen und Minarette bauen dürfen? Wir dürfen doch in muslimischen Ländern auch keine Kirchen bauen, argumentieren Islamkritiker. Wie viel Religionsfreiheit kennt der Islam?

Kirchtürme in Istanbul und neue christliche Sakralbauten in Katar auf der einen Seite, ein absolutes Bibelverbot auf den Malediven auf der anderen: Die einzelnen islamischen Staaten unterscheiden sich sehr stark darin, ob und wie sie Christen und Angehörigen anderer Religionen das öffentliche Ausleben ihres Glaubens erlauben. So ist das Christentum zum Beispiel in Saudi-Arabien verboten. Im ebenfalls islamischen Nachbarland Oman spendete hingegen der Sultan persönlich der christlichen Bevölkerung ein Grundstück für einen Kirchenbau. In Ägypten wiederum ist das griechisch-orthodoxe Katharinenkloster ein beliebtes Ausflugsziel von Touristen. Gleiches gilt für die türkische Stadt Myra, in der einst der heilige Nikolaus gelebt hat. Und in einem Stadtteil der türkischen Großstadt Istanbul erteilten die Behörden im Januar 2015 die Genehmigung für den Neubau einer christlichen Kirche.

Der derzeit weltweit gefährlichste Ort für Christen ist ein nicht-islamisches Land. Den »Weltverfolgungsindex 2014« der christlichen Nichtregierungsorganisation »Open Doors« führt Nordkorea an. Das nordkoreanische Regime verfolgt Christen mit besonderer Brutalität. Auf den Plätzen dahinter finden sich im »Weltverfolgungsindex 2015« allerdings zahlreiche islamische Staaten, insbesondere solche, deren Staatsgebiet zumindest teilweise unter der Kontrolle islamistischer Terroristen steht. Das sind derzeit beispielsweise Syrien oder der Irak. In diesen Staaten sind Christen mit dem Tode bedroht. Auch das Urlaubsparadies Malediven ist streng islamisch geprägt und anderen Glaubensgemeinschaften gegenüber besonders intolerant. Christen werden systematisch verfolgt. Bereits der Besitz einer Bibel ist strafbar.

LÄNDER, IN DENEN CHRISTEN BESONDERS STARK VERFOLGT WERDEN	
1.	Nordkorea
2.	Somalia
3.	Irak
4.	Syrien
5.	Afghanistan
6.	Sudan
7.	Iran
8.	Pakistan
9.	Eritrea
10.	Nigeria

Oft wird behauptet, dass der Islam anderen Religionen gegenüber an sich intolerant sei. Allerdings lässt sich die Verfolgung von Christen nicht zweifelsfrei aus dem Koran ableiten. »Es gibt keinen Zwang in der Religion«, sagt der Koran in Sure 2, Vers 256. Kein Mensch darf zu einer Religion gezwungen werden.

Der Koran enthält aber auch Textstellen, aus denen Fanatiker genau das Gegenteil schlussfolgern. Sie kontern mit Textstellen, die ihrer Meinung nach zum Töten von vermeintlich Ungläubigen auffordern (siehe Kapitel 14). Staaten und Terroristen, die diese Interpretation in den Vordergrund rücken, unterdrücken Christen unter Berufung auf »den Willen Allahs«.

Wie frei andere Religionen in den verschiedenen Staaten ihren Glauben ausüben dürfen, unterliegt auch ständigen Veränderungen. In Syrien etwa konnten Christen bis zum Ausbruch des Bürgerkriegs im Jahr 2011 frei leben, mit dem früheren Verteidigungsminister Daud Radschha war sogar ein Christ in der Regierung vertreten. Heute werden Christen in Syrien durch die Islamisten der Terrororganisation »Islamischer Staat« (IS) verfolgt. Das Bürgerkriegsland belegt den vierten Platz unter jenen Staaten, die für Christen besonders gefährlich sind.

Andere islamisch geprägte Länder sind toleranter: In Katar wurde im Jahr 2008 die allererste christliche Kirche eingeweiht. Auch in Bahrain wird derzeit an einer Kathedrale gebaut, in der nach ihrer Fertigstellung 2015/16 bis zu 2.300 Gläubige Platz finden sollen. Das Grundstück dafür hat der König von Bahrain der katholischen Gemeinde zur Verfügung gestellt. In Marokko gibt es zahlreiche Kirchen. 1985 durfte dort der Papst in einem Stadion zu 85.000 christlichen Gläubigen sprechen. Aber auch in Marokko gibt es Einschränkungen für Christen. So dürfen zum Beispiel seit dem Jahr 1960 keine Kirchenglocken mehr läuten, da dies als Werbung für das Christentum gilt.

Überdies haben in islamisch geprägten Ländern vor allem jene Menschen zu leiden, die vom Islam zum Christentum konvertieren möchten. Die »Apostasie«, die Abkehr vom Islam oder der Übertritt zu einer anderen Religion, ist beispielsweise im Iran oder dem Sudan mit der Todesstrafe belegt. In vielen anderen Staaten müssen Menschen, die vom Islam zum Christentum übertreten, zumindest mit Schikanen und Verfolgung, manchmal sogar mit ihrer Ermordung rechnen.

In den europäischen Staaten, insbesondere auch in Deutschland und Österreich, garantiert die Verfassung die Religionsfreiheit, nach der alle anerkannten Religionsgemeinschaften ihren Glauben frei ausüben können. Bei uns werden Menschen mit muslimischem Glauben von staatlicher Seite nicht angegriffen.

Deutschlands älteste Moschee, die Wilmersdorfer Moschee in Berlin, wurde 1928 eingeweiht. 1934 wurde in ihr das erste deutsche Ehepaar islamischen Glaubens getraut. Die Moschee hat zwei Minarette und wird bis heute als islamisches Gotteshaus genutzt. Im Januar 2011 verübten unbekannte Täter einen Brandanschlaug auf die Moschee, bei dem eine der Türen beschädigt wurde.

Allerdings dürfen Muslime in Deutschland und Österreich genauso wenig Moscheen und Minarette bauen, wo und wie sie wollen, wie Christen nicht nach Lust und Laune Kirchen bauen dürfen. Wer ein Gebäude errichten möchte, benötigt dafür in Deutschland und Österreich eine Genehmigung. Im Genehmigungsverfahren haben die Behörden neben den öffentlichen Interessen und den Interessen des Bauwerbers (z.B. einer muslimischen Glaubensgemeinschaft) auch jene der Nachbarn und Anrainer zu berücksichtigen.

In Deutschland und Österreich sind Moscheen und Minarette nicht grundsätzlich verboten. Trotzdem steht der Bau von Moscheen mit einem Gebetsturm immer wieder im Zentrum heftiger Proteste. Hinzu kommt in Österreich, dass einzelne Landesgesetze die Bauordnung bzw. das Ortsbildpflegegesetz so geändert haben, dass der Bau eines Minaretts praktisch unmöglich ist (etwa in den Bundesländern Vorarlberg und Kärnten). Dabei gibt es in Österreich bei mehr als 570.000 Muslimen derzeit ohnehin nur vier Moscheen mit Minaretten. In der Schweiz stimmten die Wahlberechtigten 2009 überhaupt dafür, ein Verbot von Minaretten in der Verfassung zu verankern.

Muslime werden in Deutschland oder Österreich nicht unterdrückt wie Christen in vielen islamisch geprägten Staaten. Sie sind aber auch bei uns Ziel von Übergriffen. Zwischen 2001 und 2011 gab es in Deutschland pro Jahr durchschnittlich 22 Anschläge auf Moscheen. 2012 waren es schon 35 und 2013 36 derartige Straftaten. Im Juni 2014 veröffentlichte die deutsche Bundesregierung eine aktuelle Auflistung aller Übergriffe auf muslimische Gotteshäuser, von Schmierereien über Drohungen bis zu Brandstiftung. Laut dieser Auflistung kam es zwischen Januar 2012 und Frühjahr 2014 zu 78 derartigen Vorfällen.

In Österreich gibt es keine solche Statistik. Aus dem Verfassungsschutzbericht des Innenministeriums lässt sich aber herauslesen, dass im Jahr 2012 vier islamfeindliche Delikte in Österreich verübt wurden, 2013 waren es schon zwölf. Immer wieder kommt es zu Besudelungen muslimischer Begräbnisstätten oder Gebetsräume mit Schweinekadavern (zuletzt in den Weihnachtstagen 2014 in Wien).

All das zeigt, dass auch Deutschland und Österreich gegenüber dem Islam weit weniger tolerant sind, als wir von uns glauben. Insbesondere die Errichtung von Minaretten ist in Deutschland und Österreich faktisch beinahe unmöglich.

16. Die EU ist undemokratisch

Undemokratisch ist die EU nicht. Ihre Organe sind ähnlich demokratisch legitimiert wie vergleichbare Organe der Mitgliedsstaaten. Und den Mitgliedsstaaten wirft ja auch niemand vor, undemokratisch zu sein. Aber manche Aspekte auf EU-Ebene sind demokratiepolitisch bedenklich. So sind nicht alle Stimmen bei EU-Wahlen gleich viel wert. Das dient dem Ausgleich zwischen großen und kleinen Mitgliedsstaaten. Hundertprozentig überzeugend ist das nicht. Allerdings zeigt die Entwicklung, dass die EU laufend demokratischer wird.

Sie ist der »Lieblingsfeind« in vielen politischen Debatten: die EU. Und die Kritik greift tief. Die EU habe einen Fehler in ihrem Bauplan, ein Demokratiedefizit. Ist die EU undemokratisch?

> Lobbyist packt aus: EU vereinbart Gesetze im Hinterzimmer »komplett undemokratisch«.
> (Deutsche Wirtschafts Nachrichten, 4.3.2013)
>
> Die EU ist eine neoliberale, militaristische und weithin undemokratische Macht.
> (Europaprogramm der »Linken«. Diese Passage wurde vom Parteitag am 15.2.2014 von der Mehrheit der Delegierten allerdings abgelehnt.)
>
> Rund 71 Prozent der Tschechen gehen davon aus, dass Entscheidungen in der Europäischen Union nicht oder eher nicht nach demokratischen Prinzipien getroffen werden.
> (Frankfurter Allgemeine Zeitung, 1.6.2012)

Was ist Demokratie …

Demokratie kommt aus dem Griechischen und bedeutet »Herrschaft des Volkes«. Das Volk »herrscht«, indem seine Angehörigen gemeinsam entscheiden, nach welchen Regeln sie zusammenleben wollen. Das »Volk« sind die wahlberechtigten Bürger eines Staates. Zu bestimmten Anlässen werden sie befragt (z.B. bei Wahlen). Die Ergebnisse dieser Befragungen entscheiden über die weitere Vorgehensweise (z.B. wer das neue Staatsoberhaupt wird). Zentrales Element moderner Demokratien ist, dass die Stimme jedes Wahlberechtigten gleich viel zählt: »one man one vote« (ein Wähler eine Stimme).

… und wie funktioniert sie?

Ursprünglich dominierte die direkte Demokratie. In ihr erhalten die Wähler Fragen vorgelegt, denen sie zustimmen oder die sie ablehnen können. Sie entscheiden also in der Sache selbst. Die Stadtstaaten des antiken Griechenland waren solche direkte Demokratien. Die Bürger Athens, Spartas oder Thebens versammelten sich auf öffentlichen Plätzen, diskutierten ein bestimmtes Thema und stimmten anschließend über dessen Lösung ab. Das funktionierte, solange es nicht zu viele Wähler gab und die Themen, über die abgestimmt wurde, nicht allzu kompliziert waren.

Für schwierige Themen eignet sich dieses System nicht. Wer von uns hat schon das Fachwissen für sinnvolle Lösungen, z.B. zur Energiemarktregulierung. Und wer von uns hat neben Schule, Job, Familie und Freunden überhaupt die Zeit dazu? Moderne Demokratien funktionieren deshalb anders. Sie haben gewählte »Volksvertreter«. Die Wahlberechtigten stimmen nicht mehr selbst über die Lösung zu einem Thema ab, sondern wählen Volksvertreter, die das für sie erledigen. Das nennt man indirekte Demokratie.

In einer indirekten Demokratie wählt das Staatsvolk alle paar Jahre eine Versammlung, die ihrerseits die Regeln für das Volk beschließt. In Deutschland heißt diese Versammlung Bundestag, in Österreich Nationalrat. In diesen Staaten ist die direkte Demokratie nur mehr in Form einzelner Elemente übrig geblieben (z.B. Volksabstimmungen), deren Anwendung als Ausnahmefall gedacht ist.

Demokratiedefizit oder Vorzeigemodell?

Auch die EU folgt diesem System. Ihre »Volksversammlung« ist das Europäische Parlament, dessen Mitglieder alle fünf Jahre von den EU-Bürgern gewählt werden. Aber das EU-Parlament ist in die EU-Rechtssetzung nicht in jenem Maß eingebunden wie die nationalen Parlamente in jene ihrer Nationalstaaten.

Zu Gründungszeiten der EU war das EU-Parlament nicht als Tonangeber vorgesehen. Das Recht, ein Gesetzesvorhaben einzuleiten (Initiativrecht), stand nur der Europäischen Kommission zu.[77] Deren Mitglieder werden aber nicht gewählt, sondern auf Vorschlag der Regierungen der einzelnen Nationalstaaten bestellt. Ob eine Initiative angenommen und zu EU-Recht werden sollte, entschied der Rat. Auch dessen Mitglieder werden nicht gewählt. Er setzt sich aus den Fachministern der Mitgliedsstaaten zusammen (wird z.B. über ein Sicherheitsthema beraten, besteht der Rat aus den Innenministern aller Mitgliedsstaaten, bei Entscheidungen über den Geldhaushalt aus den Finanzministern). Hatte der Rat den Entschluss für eine bestimmte Verordnung oder Richtlinie gefasst, konnte sie das EU-Parlament früher nicht verhindern. Hauptakteure waren also Kommission und Rat. Das EU-Parlament blieb in der Rechtssetzung Zaungast. Und das, obwohl es das einzige europäische Organ ist, dessen Mitglieder in einer europaweiten Wahl direkt gewählt werden.

Undemokratisch ist die EU deswegen aber nicht. Tatsächlich weichen die realpolitischen Vorgänge in den Mitgliedsstaaten von diesem Schema nämlich auch nicht besonders ab – und den Mitgliedsstaaten wirft auch niemand vor, undemokratisch zu sein. Denn zumindest in jenen Mitgliedsstaaten, in denen die einzelnen Abgeordneten streng nach den Vorgaben ihrer Partei abstimmen (Fraktionszwang bzw. Klubzwang), geben die Regierungen und nicht die Parlamente den Ton in der Gesetzgebung an. Die Minister vereinbaren untereinander Gesetzesentwürfe, die von den Regierungsparteien im Parlament durchgewunken werden.

Außerdem sind auch Rat und Kommission demokratisch legitimiert. Und letztendlich spielt das Europäische Parlament heute ein viel wichtigere Rolle als zu jener Zeit, in der dieser Vorwurf entstanden ist.

Die demokratische Legitimation von Rat und Kommission

Demokratisch legitimiert ist nicht nur, wer direkt gewählt ist. Demokratisch legitimiert ist auch, wer von einem gewählten Organ bestellt wird und diesem verantwortlich ist. Das nennt man Legitimationskette. Die findet man in allen EU-Mitgliedsstaaten, also auch bei der deutschen oder österreichischen Bundesregierung.

Die Bundesregierung wird nämlich nicht vom deutschen bzw. österreichischen Wahlvolk gewählt. Die Wähler wählen »nur« die Abgeordneten zum Bundestag (in Österreich: Nationalrat). Aus den Mehrheitsverhältnissen nach der Wahl ergibt sich die Zusammensetzung der Regierung. Die Regierungsmitglieder (Minister) müssen zwar zum Bundestag (Nationalrat) wählbar sein, ihm aber nicht angehören. Die Minister müssen also gar nicht zur Wahl angetreten oder gewählt worden sein. Selbst Personen, die in ihrem gesamten

Leben keine einzige Wählerstimme erhalten haben, können Minister werden. Gemeinsam mit den übrigen Regierungsmitgliedern können sie im Bundestag (Nationalrat) Gesetzesinitiativen einbringen und so – ungewählt – an der Gesetzgebung mitwirken.

Leiden Deutschland und Österreich deshalb an einem Demokratiedefizit? Nein, denn ihre Regierungen beziehen ihre demokratische Legitimation über eine Legitimationskette. Sie haben das Vertrauen der Mehrheit im Bundestag (Nationalrat), also der Mehrheit der gewählten Volksvertreter.

Und in der EU? Der Rat besteht aus den Ministern der Mitgliedsstaaten. Je nach Verhandlungsthema treffen sich z.B. die Finanzminister oder die Gesundheitsminister aller Mitgliedsstaaten. Diese Minister sind Mitglieder ihrer nationalen Regierungen, die jeweils eine Parlamentsmehrheit hinter sich haben. Die Parlamente werden von den Staatsbürgern direkt gewählt. So gleicht die Legitimationskette des Europäischen Rats jener der Regierungen. Sie hat lediglich ein Kettenglied mehr.

Die Kommission wiederum besteht aus Personen, die von den Regierungen der Mitgliedsstaaten vorgeschlagen werden. Ihre Legitimation leitet sich damit ebenfalls von den Regierungen der Mitgliedsstaaten ab. Außerdem müssen sich die Kommissionsmitglieder vor ihrer Bestellung einem Hearing im europäischen Parlament stellen. Nach dem Hearing kann das Parlament die Kommission auch ablehnen. Den meisten Mitgliedsstaaten ist ein solches parlamentarisches Hearing fremd (darunter auch Österreich), sodass deren Regierungen gebildet werden, ohne dass das Parlament die Ministerkandidaten auf Herz und Nieren prüfen konnte. Die Bestellung der Kommissionsmitglieder ist hier sogar demokratischer als die Regierungsbildung vieler Mitgliedsstaaten.

Aufwertung des Europäischen Parlaments

Der Vorwurf des Demokratiedefizits der EU stammt aus ihren Anfangstagen. Damals hatte das EU-Parlament tatsächlich bloß eine untergeordnete Stellung. Seit den 1980er-Jahren ist aber ein Prozess zur »vollen Parlamentarisierung der EU« im Gange. Dabei wird das EU-Parlament ständig aufgewertet. Heute steht es bei der Schaffung von EU-Recht dem Rat gleichberechtigt gegenüber. Nur für einige wenige Politikfelder (z.B. Außen- und Sicherheitspolitik der EU) gilt das noch nicht. Diese laufende Stärkung des EU-Parlaments zeigt das Bestreben der EU, sich demokratiepolitisch zu verbessern.

2014 ist ein bedeutender demokratiepolitischer Schritt geglückt. Bei den Wahlen zum EU-Parlament haben die wahlwerbenden Fraktionen vereinbart, dass der Chef der stimmenstärksten Fraktion Kommissionspräsident werden soll. Die Mitgliedsstaaten haben das akzeptiert. Während früher die Regierungen der Mitgliedsstaaten untereinander einen Kommissionspräsidenten ausgehandelt haben, wird dieser seit 2014 durch das Wahlvolk bestimmt. Die Ermittlung des Kommissionspräsidenten erfolgt nun prinzipiell gleich wie jene des Bundeskanzlers in Deutschland und Österreich.

Das EU-Parlament spielt international sogar eine wichtige demokratische Vorreiterrolle: Es ist weltweit die einzige überstaatliche Institution, deren Mitglieder von der Bevölkerung mehrerer Staaten direkt gewählt werden.

Lobbyisten und doppelte Österreicher

Demokratiepolitische Probleme gibt es in der EU trotzdem. Zum Beispiel mit Lobbyisten oder mit »one man one vote«, dem so einfachen Grundprinzip. Denn bei den Wahlen zum EU-Parlament sind nicht alle Wählerstimmen gleich viel wert. Es gibt sogar Wähler, deren Stimmen achtmal mehr wert sind als andere!

Das EU-Parlament hat 750 Abgeordnete. Auf einen EU-Abgeordneten kommen also fast eine Million Unionsbürger. Malta hat aber nur 600.000 Einwohner. Bei konsequenter Umsetzung von »one man one vote« hätte Malta keinen einzigen EU-Abgeordneten. Tatsächlich sitzen für Malta sechs Abgeordnete im EU-Parlament. Wie das geht? Damit auch kleine Mitgliedsstaaten im EU-Parlament vertreten sind, werden sie bevorzugt. Größere Staaten erhalten weniger EU-Abgeordnete, als ihnen ihrer Einwohnerzahl nach zustehen würden, kleine Staaten umgekehrt entsprechend mehr. Das geht besonders zulasten von Deutschland, dem bevölkerungsreichsten EU-Mitgliedsstaat. Deutschland hat 99 EU-Abgeordnete, also einen pro 811.000 Einwohner. Malta hingegen hat einen EU-Abgeordneten pro 100.000 Einwohner. Ein deutscher Abgeordneten-Kandidat benötigt so etwa achtmal mehr Stimmen als ein maltesischer. So stärkt man zwar die kleinen Mitgliedsstaaten gegenüber den großen. Wirklich gerecht ist das aber nicht.

›••••••••••••••••••••••••••••••••••••••

Der doppelte Österreicher
Österreich hat knapp 8 Millionen Einwohner und 18 EU-Abgeordnete. Das entspricht etwa einem EU-Abgeordneten auf 440.000 Einwohner. In Deutschland kommen 811.000 Einwohner auf einen EU-Abgeordneten. Damit ist die Stimme jedes österreichischen Wählers etwa doppelt so viel wert wie jene eines deutschen Wählers.

••••••••••••••••••••••••••••••••••••••‹

Ein weiterer Kritikpunkt lautet, dass Lobbyisten zu viel Einfluss auf die EU-Rechtssetzung haben. Tatsächlich wollen viele große Unternehmen und Lobbyisten auf die EU-Rechtssetzung Einfluss nehmen. Aber auch Umweltorganisationen, Arbeitnehmerverbände, NGOs und Kirchenvertreter haben ständig Kontakt mit EU-Abgeordneten. Demokratie funktioniert nur, wenn sich »das Volk« an seine Vertreter wenden kann. Dieses Recht steht dem einfachen Arbeiter genauso zu wie dem Aufsichtsratschef eines Großkonzerns. Leider hat aber Letzterer weitaus bessere Mittel zur Einflussnahme auf Abgeordnete als »normale« Bürger. Aber dieses Problem trifft nicht nur die EU. Lobbyisten und Großkonzerne beeinflussen auch die Gesetzgebung der einzelnen Mitgliedsstaaten viel stärker, als das demokratiepolitisch wünschenswert wäre. Einflussversuche auf EU-Ebene schaffen im Erfolgsfall für den ganzen EU-Raum die gewünschte Regelung und nicht bloß für einen einzelnen Staat. Deshalb geben sich bei den EU-Institutionen besonders viele Lobbyisten die Türklinke in die Hand. Schön ist das nicht. Aber dieses Problem kann die EU nicht allein lösen. Dazu ist die Zusammenarbeit aller Mitgliedsstaaten notwendig.

›••••••••••••••••••••••••••••••••••••••

Ein EU-Abgeordneter geht in die Falle
Dass Lobbyisten bei bestechlichen Volksvertretern leichtes Spiel haben, zeigte folgender Vorfall: Ein österreichischer

EU-Abgeordneter erhielt Geld angeboten, falls er den Inhalt von EU-Recht beeinflusst. Der Abgeordnete hat das Angebot angenommen und behauptet, bereits früher erfolgreich die EU-Rechtssetzung beeinflusst zu haben. Pech für den Abgeordneten: Seine »Auftraggeber« waren zwei britische Journalisten. Diese meldeten den Vorgang der Polizei. Der Abgeordnete verlor sein Mandat und wurde zu einer Haftstrafe verurteilt.

Warum ist das so kompliziert?

Die EU ist ganz schön kompliziert. Das macht sie für uns manchmal undurchschaubar. Dahinter steckt aber keine Absicht, sondern die Notwendigkeit eines Interessenausgleichs zwischen den Mitgliedsstaaten.

Die kleinen Staaten wie Österreich haben Angst, dass die großen Staaten alles ohne sie bestimmen. Große Staaten wie Deutschland weisen aber darauf hin, dass sie viel mehr Bürger haben und höhere Mitgliedsbeiträge zahlen als die kleinen. Südeuropa hat andere Interessen als Europas Norden. Politische Traditionen der einzelnen Mitgliedsstaaten sind unterschiedlich. Wirtschaftspolitische Maßnahmen, die für starke Volkswirtschaften zweckmäßig sind, können für wirtschaftlich schwache Mitgliedsstaaten nachteilig sein. Diese Interessenkonflikte muss die EU ausgleichen. Das geht oft nur durch komplizierte Strukturen. Und die bewirken manchmal ein Minus an Demokratie.

Ein Beispiel dafür ist der Rat, der seine Entscheidungen früher fast immer einstimmig fällen musste. Es musste also jeder Minister zustimmen. Und jeder Minister war seinem nationalen Parlament politisch für sein Stimmverhalten im Rat verantwortlich. Jedes Ratsmitglied spürte ganz unmittelbar den Druck, sein Stimmverhalten dem Mehrheitswillen seines Parlaments anzupassen. Je mehr Mitgliedsstaaten die EU aber aufnahm, desto mehr Mitglieder hatte der Rat (eines pro Mitgliedsstaat) und desto mehr Minister vertraten unterschiedliche, oft widersprechende Interessen. Einstimmige Entscheidungen wurden unmöglich. Der Rat drohte handlungsunfähig zu werden, weil schon ein einzelner Mitgliedsstaat Beschlüsse für die gesamte EU blockieren konnte. Die Lösung dieses Dilemmas war die

Abkehr vom Einstimmigkeitsprinzip. Nun konnte der EU-Rat seine Entscheidungen auch gegen die Stimmen einzelner Mitgliedsstaaten fällen. Jetzt kann sich aber auch jeder Minister »zu Hause« darauf herausreden, im Rat von den anderen überstimmt worden zu sein. Das entzieht sein Stimmverhalten der Kontrolle seines nationalen Parlaments. Die Erhaltung der Handlungsfähigkeit ging so mit der Reduktion parlamentarischer Kontrolle einher.

Die EU ist also nicht absichtlich komplizierter oder undemokratischer als ihre Mitgliedsstaaten. Aber sie muss die Interessen von über einer halben Milliarde Unionsbürgern in 28 Mitgliedsstaaten unter einen Hut bringen. Und schließlich wollten sich die einzelnen Regierungen in besonders wichtigen Fragen weiterhin ein möglichst starkes Mitspracherecht behalten. Das gelingt nur, wenn diese Fragen dem EU-Parlament entzogen und im Rat behandelt werden. Dort entscheiden die Minister der Mitgliedsstaaten. Das Europäische Parlament fordert deshalb schon lange seine Stärkung und die weitere Demokratisierung aller EU-Institutionen. Es sind die Mitgliedsstaaten, die das bislang verhindern.

17. Die EU ist ein Verwaltungsmoloch

Die EU-Verwaltung hat viele Mitarbeiter. Verglichen mit den Mitgliedsstaaten hat die EU aber nur sehr wenige Mitarbeiter pro Unionsbürger. Auch gibt die EU nur 6 Prozent ihres Budgets für Verwaltung aus; die restlichen 94 Prozent fließen an die Mitgliedsstaaten und kommen den Unionsbürgern zugute. Die 28 Mitgliedsstaaten der EU geben für ihre innerstaatlichen Verwaltungen pro Jahr insgesamt etwa das 275-Fache von dem Betrag aus, den die EU für ihre Verwaltung aufwendet.

Die EU sei ein Bürokratiemonster, hört man immer wieder. Gemeint ist damit, dass die EU eine immens aufgeblähte Verwaltung habe. Ist Brüssel tatsächlich ein abgehobenes Beamtenparadies?

Ob die Verwaltung einer Institution zu klein, zu groß oder gerade richtig ist, ist nicht nur schwer zu untersuchen, sondern auch eine Geschmacksfrage. Wer dem Staat oder der EU gerne viele Aufgaben übertragen will, die möglichst rasch erledigt werden sollen, der sollte die Verwaltung entsprechend stark ausstatten. Wer hingegen nur wenige Aufgaben auf Staat oder EU übertragen will, nach dessen Meinung wäre wohl eine schlanke Verwaltung in Staat und EU völlig ausreichend. Am besten gelingt die Untersuchung daher mit einem Vergleich der EU-Verwaltung mit jener anderer Institutionen.

Insgesamt arbeiten 55.000 Menschen für die EU-Institutionen. Das klingt nach ganz schön viel. Zu diesen Mitarbeitern gehört aber auch ein Heer an Dolmetschern, die notwendig sind, um alle Dokumente und Rechtstexte der EU in alle 24 Amtssprachen der Mitgliedsstaaten zu übersetzen.

Die Mitarbeiter der EU-Institutionen sind für mehr als eine halbe Milliarde Unionsbürger zuständig. Zum Vergleich: Für die Verwaltung von Wien arbeiten rund 65.000 Mitarbeiter. Das sind rund 10.000 Mitarbeiter mehr als die gesamte EU-Verwaltung hat. In der österreichischen Bundeshauptstadt wohnen knapp unter zwei Millionen Menschen.

Umgerechnet beschäftigt die EU pro 10.000 Unionsbürger etwa einen Mitarbeiter. Von einem solchen Verhältnis zwischen Verwaltungsmitarbeitern und Einwohnerzahl können die Mitgliedsstaaten nur träumen. Der deutsche öffentliche Dienst beschäftigt beispielsweise 4,5 Millionen Menschen, also etwa einen Mitarbeiter pro 18 Einwohner. Auf einen EU-Mitarbeiter entfallen also 500-mal so viele Einwohner wie auf einen deutschen Verwaltungsmitarbeiter. Auch wenn man davon ausgeht, dass die Verwaltungen der Mitgliedsstaaten oft vielfältigere Aufgabengebiete übernehmen als die EU (z.B. müssen die Mitgliedsstaaten und deren Städte Lehrer für Schulen oder Ärzte und Pflegepersonal für ihre Spitäler beschäftigen, die

EU hingegen nicht) – das Zahlenverhältnis zwischen Mitarbeitern in der EU-Verwaltung und Unionsbürgern bleibt beeindruckend niedrig.

Teure EU-Beamte?

»4365 EU-Beamte verdienen mehr als die Bundeskanzlerin« – titelte Anfang 2013 die deutsche Zeitung *Welt am Sonntag*.[78] Tatsächlich sind es wohl weniger als 100 EU-Beamte, die so gut verdienen. Aber genau weiß das offenbar niemand.

Tatsache ist, dass gerade EU-Beamte oft hochqualifizierte Spezialisten sind. Das kostet. Ganz zufrieden dürfte aber auch die EU mit ihrem Gehaltsschema für Beamte nicht sein. Eine Reform des EU-Beamtendienstrechts samt Gehaltsreform ist geplant, liegt derzeit aber auf Eis. Manche vermuten, dass mit der Diskussion um EU-Beamtengehälter vor allem die EU insgesamt in Misskredit gebracht werden soll. Ganz so einfach kann man die Frage nach hohen Gehältern und Privilegien im EU-Beamtenapparat aber nicht abtun. Denn das EU-Beamtendienstrecht sieht einige ungewöhnliche Vergünstigungen vor, zum Beispiel, dass viele EU-Beamte erlaubterweise neun Wochen im Jahr nicht arbeiten, obwohl sie nur sechs Wochen Urlaub haben. Das diene der Abgeltung von Mehrarbeit und »flexiblen Arbeitszeiten«, also von Überstunden, die EU-Beamte oft in hohem Ausmaß leisten. Das würde aber bedeuten, dass EU-Beamte für ein und dieselbe Leistung zwei Belohnungen erhalten, werden doch diese Mehrarbeit und flexible Arbeitszeiten auch als Rechtfertigung für das hohe Gehaltsniveau angeführt.

Es gibt also sicher Bedarf für eine Reform des EU-Beamtenstatus. Ein Beamtenschlaraffenland ist die EU trotzdem nicht.

Auch dass die EU besonders viel Geld für Verwaltung ausgibt, ist falsch. Nur 6 Prozent des gesamten EU-Haushalts wendet die EU für ihre Verwaltung auf. Die restlichen 94 Prozent fließen an die Mitgliedsstaaten, wo sie deren Wirtschaft und den Bürgern vor allem in Form von Förderungen zugutekommen.

Diese 6 Prozent Verwaltungsanteil am EU-Haushalt entsprechen etwa acht Milliarden Euro. Mit diesem Geld bezahlt die EU nicht nur Gehälter und Pensionen der »üblichen« Verwaltungsmitarbeiter, sondern auch jene der Dolmetscher, sodass mit diesem Betrag auch sichergestellt ist, dass die EU mehrsprachig arbeiten kann. Die Mitgliedsstaaten der EU geben für ihre Verwaltungen das 275-Fache aus: insgesamt 2.200 Milliarden Euro pro Jahr. In Anbetracht dieser Zahlen scheinen die Aufwendungen für die EU-Verwaltung geradezu lächerlich niedrig. Eine aufgeblähte Verwaltung lässt sich damit wohl nicht durchfüttern.

18. Die EU schikaniert uns mit sinnlosen Verboten

Der EU wurden schon die merkwürdigsten Absurditäten vorgeworfen. Windelpflicht für Almkühe, Verbot krummer Gurken, Dekolleté-Verbote für Kellnerinnen und Stallverbot für Schwalben sind nur einige davon. Tatsache ist: Mit der EU haben all diese Absurditäten nichts zu tun. Sie sind Erfindungen und Verdrehungen kreativer EU-Kritiker, die mit diesen Unwahrheiten die EU gezielt verunglimpfen wollen.

Die EU will uns bevormunden und uns alles verbieten. Dabei dringt der »Brüsseler Verwaltungsmoloch« in unsere privatesten Lebensbereiche vor. Wollen uns verrückt gewordene Brüsseler Bürokraten tatsächlich entmündigen?

>

EU-Bürokraten wollen Schwalben aus den Ställen der Bauern verbannen
Schon in den kommenden Tagen werden die ersten Rauchschwalben-Pärchen hoffnungsfroh und brutbereit aus ihren Winterquartieren in Afrika zurückkehren. Doch die herzlosen EU-Bürokraten wollen sie zumindest in den Ställen der heimischen Landwirte nicht mehr sehen.
(Kleine Zeitung, Kärntner Ausgabe, 9.4.2003)

<

Warum gibt es so viele EU-Vorschriften?

Seit der Gründung der europäischen Gemeinschaften verfolgt die EU ein zentrales Ziel: die Errichtung und immer weitere Verbesserung eines EU-weiten Binnenmarktes. Kernfunktion eines Binnenmarktes ist, dass innerhalb seiner Grenzen Handelsgüter möglichst frei und ohne technische oder bürokratische Hürden ausgetauscht werden können. Das setzt unter anderem voraus, dass diese Handelsgüter überall im Binnenmarkt verwendbar sind. Beispielsweise wären deutsche Fernsehapparate in Griechenland kaum verkäuflich, wenn aufgrund unterschiedlicher Spannungen in den Stromnetzen ein deutscher Fernsehapparat dort nicht betrieben werden könnte. Um solche Hindernisse zu beseitigen, muss die EU europaweit einheitliche Standards festlegen.

Das führt beispielsweise dazu, dass alle EU-Staaten ihre Stromnetze mit ähnlichen Spannungen speisen und Elektrostecker in allen EU-Staaten dieselbe Steckerform aufweisen. So ist sichergestellt, dass zum Beispiel der Stecker eines in Spanien produzierten Radiogeräts auch in eine deutsche, österreichische, italienische, polnische oder finnische Steckdose passt. Der Konsument profitiert davon, weil er dadurch mehr Auswahl hat und die vielfältige Konkurrenz das allgemeine Preisniveau senkt. Außerdem kann er ein in einem EU-Staat gekauftes Radiogerät in allen EU-Staaten nutzen, ohne teure Adapter kaufen zu müssen.

Dabei kann es natürlich vorkommen, dass eine bestimmte Regelung Materien beinhaltet, die in einem Mitgliedsstaat wichtiger sind, in einem anderen aber praktisch irrelevant. Ein Beispiel dafür ist eine das Seilbahnwesen betreffende Richtlinie. Nicht nur Länder wie Österreich, sondern so gut wie alle EU-Staaten verfügen über Seilbahnen. Es ist also durchaus sinnvoll, die Sicherheitsstandards für Personenseilbahnen in allen EU-Staaten anzugleichen. Genau dieses Ziel verfolgt die EU-Richtlinie über Seilbahnen für den Personenverkehr.[79] Mit ihr verpflichtet die EU ihre Mitgliedsstaaten, innerstaatliche Regelungen über bestimmte Mindeststandards für Personenseilbahnen zu erlassen. Dass etwa die deutsche Bundesverfassung vorsieht, dass im Seilbahnwesen jedes Bundesland dafür ein eigenes Gesetz beschließen muss, dafür kann die EU nichts. Aber genau dieses innerdeutsche Spezifikum führt dazu, dass auch durchwegs flache Länder wie Berlin und Mecklenburg-Vorpommern eigene Landesgesetze über Personenseilbahnen erlassen müssen, selbst wenn es in ihnen gar keine Personenseilbahnen gibt.[80]

Kritiker führen das auf Basis dieser Seilbahnrichtlinie erlassene Landesgesetz ohne faktischen Anwendungsbereich im betreffenden Bundesland als »Beweis« für die Regulierungswut der EU an. Dass sich die EU auch mit der Umsetzung durch ein einziges Gesetz für ganz Deutschland zufriedengegeben hätte, verschweigen sie. Dass dieses Gesetz in anderen deutschen Bundesländern sehr wohl sinnvoll ist, weil es dort viele Personenseilbahnen gibt, wird ebenso nicht erwähnt.

Dieses Beispiel zeigt anschaulich, dass EU-Regeln sinnvolle Absichten verfolgen, selbst wenn die innerstaatliche Umsetzung im Einzelfall nicht so wichtig erscheint. Oft machen sehr komplizierte Zusammenhänge diese Regelungen erforderlich. Dadurch ist es oft schwer, den Sinn hinter den Regeln richtig und verständlich zu kommunizieren. EU-Gegner nützen das geschickt aus. Sie verdrehen Halbwahrheiten ins Absurde und finden so eingängige Schlagworte, die sich in den Köpfen der Unionsbürger einprägen und an sich sinnvolle EU-Regeln lächerlich erscheinen lassen. Die folgenden Seiten enthalten ein »Best of« der absurdesten Verdrehungen, mit denen EU-Gegner der EU zu Unrecht an Schwachsinn grenzenden Regulierungswahn vorgeworfen haben.

Bayerns Wirte fürchten Dirndl-Verbot
Pläne der EU zu besserem Sonnenschutz von Arbeitnehmern haben in Bayern Entrüstung ausgelöst: Die EU will nackte Haut im Freien wegen Hautkrebsgefahr eindämmen – und die Wirte wittern ein »Dekolleté-Verbot« für Biergarten-Bedienungen und damit das Aus für das Dirndl.
(Handelsblatt, 1.8.2005)

Das Dekolleté-Verbot – Als die EU den europäischen Männern (fast) das Spannen verboten hätte

Ein Sturm der Entrüstung füllte das Sommerloch 2005 in Deutschland und Österreich. Nicht nur wolle die EU Kellnerinnen verbieten, tief ausgeschnittene Dirndlkleider zu tragen und so die armen männlichen Biertrinker in den Gastgärten um tiefe Einblicke bringen; auch um das Sommervergnügen der heimischen Frauen sorgten sich EU-Kritiker: Bauarbeiter würden wegen sinnloser EU-Vorschriften bald ihre braungebrannten Oberkörper vor der Damenwelt verhüllen müssen.

Anlass der Aufregungen war der »EU-Richtlinienentwurf für Minimalstandards zum Schutz der Arbeitnehmer vor optischer Strahlung«. Dieser Richtlinienentwurf sah für Arbeiten im Sonnenlicht weder Grenzwerte noch bestimmte Maßnahmen vor. Er verlangte von den Arbeitgebern lediglich, für seine besonders sonnenexponierten Arbeitnehmer (z.B. Bauarbeiter oder Kellner in Strandcafés) die Risiken abzuschätzen und angemessene Maßnahmen zu ergreifen, um eine Gesundheitsgefährdung zu vermeiden. Eine angemessene Maßnahme könnte beispielsweise der Schutz durch Sonnencreme sein. Dass sonnenexponierte Arbeitnehmer freie Hautstellen verhüllen müssen, hat die EU nie vorgeschrieben oder auch nur beabsichtigt.

Fazit: Das Dekolleté-Verbot ist eine freie Erfindung von EU-Kritikern.

Die EU will uns die deutsche Sprache verbieten

Die Schlagzeile der *Bild*-Zeitung offenbarte Unheimliches: Die EU will die deutsche Sprache abschaffen![81] Der Text relativierte, dass es sich offenbar um die Übersetzung von Dokumenten ins Deutsche handeln solle, die von der EU abgeschafft werden würde. Ein deutscher Abgeordneter hatte sich laut *Bild*-Exklusivmeldung des Problems bereits angenommen und forderte die deutsche Bundesregierung auf, »schnellstens in Brüssel dafür zu sorgen, dass die Dokumente wieder in die Sprache des größten Nettozahlers übersetzt werden«.

Die Vertretung der EU-Kommission in Deutschland nahm den Vorwurf zunächst mit Humor: »Schon wieder ist ein Bildredakteur ins Sommerloch gefallen.«[82] Die deutschen Gerichte waren weniger humorvoll. Das Landgericht Berlin verpflichtete die *Bild*-Zeitung mittels einstweiliger Verfügung zur Richtigstellung.

Tatsache ist, die deutsche Sprache war und ist nicht nur eine der 24 »normalen« Amtssprachen der EU. Deutsch genießt sogar einen Sonderstatus gegenüber anderen Amtssprachen. Gemeinsam mit Englisch und Französisch ist Deutsch eine der drei internen Verfahrenssprachen. Das bedeutet, dass Texte (neben Englisch und Französisch) auf Deutsch vorliegen müssen, damit sie von der EU-Kommission angenommen werden.

Ganz abgesehen davon: Wie will die EU-Kommission einem Mitgliedsstaat oder dessen Staatsbürgern verbieten, in dessen Sprache zu kommunizieren? Die EU-Kommission betont vielmehr immer wieder, dass die EU und damit auch sie der Vielsprachigkeit verpflichtet ist.

Fazit: Dass die EU Deutsch abschaffen wolle, ist eine Zeitungsente, zu deren Widerruf die betreffende Zeitung sogar gerichtlich verpflichtet wurde.

Die EU schreibt den Bauern Matratzen für Kühe vor

Tatsächlich schreibt die EU den europäischen Landwirten vor, dass Buchten und andere Einrichtungen in Kuhställen aus Materialien errichtet werden müssen, die für die Tiere ungefährlich sind. Überdies müssen alle Materialien, mit denen Nutztiere in Berührung kommen, gründlich zu reinigen und desinfizierbar sein (Richtlinie 98/58/EG des Rates vom 20. Juli 1998 über den Schutz landwirtschaftlicher Nutztiere). Dass die Landwirte für ihre Kühe Matratzen in den Ställen einrichten müssen, ist aber falsch.

Dennoch sind in der europäischen Landwirtschaft mit harten Plastikmatratzen ausgelegte Buchten und Kuhställe weit verbreitet. Ganz ohne EU-Vorschrift! Kuh-Komfort steht dabei aber nicht im Vordergrund. Plastikmatten sind schlichtweg leichter zu reinigen als andere Materialien, sie sind hygienischer und effektiver bei der Vorbeugung gegen Euterentzündungen als Streumaterialien wie Sägespäne oder Sand. Und günstig sind sie obendrein. So halten die europäischen Landwirte bei niedrigen Kosten Kühe und Euter sauber. Das soll die Lebensqualität und Gesundheit der Kühe, die Lebensmittelhygiene und die Milchqualität verbessern.

Fazit: Die EU schreibt den Bauern keine Matratzen für Kühe vor. Dennoch sind Plastikmatratzen in Kuhställen aufgrund zahlreicher Vorteile längst gängige Praxis.

Wegen der EU dürfen Eltern keinen Kuchen mehr in Kindergärten mitbringen, ohne die Zutatenlisten vorzulegen

Tatsächlich ist am 13. Dezember 2014 die EU-Lebensmittelinformationsverordnung in Kraft getreten. Sie schreibt Unternehmen, die regelmäßig Lebensmittel an Personen ausgeben (z.B. Restaurants oder Betriebskantinen), unter anderem vor, ihre Kunden über jene Inhalte ihrer Speisen aufzuklären, die allergische Reaktionen hervorrufen können. Diese Vorschrift soll dem Schutz von Allergikern dienen, denen beim unbewussten Verzehr von Allergenen schwerste Reaktionen drohen, die bis zum Tod führen können. EU-Kritiker streuten aus Anlass dieser Verordnung das Gerücht, dass man nun nicht einmal mehr selbst gebackene Kuchen zur Geburtstagsfeier in Kindergärten und Schulen mitnehmen dürfe.

Das Gerücht ist falsch. Vielmehr hält die Lebensmittelinformationsverordnung selbst ausdrücklich fest, dass diese Vorschrift nur für Unternehmen gilt. »Tätigkeiten wie der gelegentliche Umgang mit Lebensmitteln und deren Lieferung, das Servieren von Mahlzeiten und der Verkauf von Lebensmitteln durch Privatpersonen, z.B. bei Wohltätigkeitsveranstaltungen oder auf Märkten und Zusammenkünften auf lokaler Ebene sollten nicht in den Anwendungsbereich dieser Verordnung fallen.«

Fazit: Die EU-Lebensmittelinformationsverordnung gilt nur für Unternehmen. Wer privat Gäste bewirten oder seinem Kind eine Geburtstagstorte in den Kindergarten mitgeben will, kann das weiterhin auch ohne Bekanntgabe der Zutaten tun.

Die EU schreibt Almkühen Windeln vor

Mit der Aktion »Windeln für Almkühe« reagierte der Bayerische Bauernverband auf eine geplante Verschärfung der EU-Regeln zur Düngung. Medien griffen das Schlagwort der Aktion auf, das sich in weiterer Folge verselbstständigte und den Eindruck vermittelte, die EU würde Pampers für Almkühe fordern.[83]

Tatsächlich wollte die EU-Kommission weder den Kühen das Weiden auf Almwiesen verbieten, noch ihnen Windeln verordnen. Vielmehr sollte die EU-Nitratrichtlinie Bestimmungen festschreiben, wie Düngemittel auf Hanglagen aufgebracht werden dürfen. Die konkrete Umsetzung dieser Bestimmungen sollte den Mitgliedsstaaten obliegen. Österreich und Deutschland werden dabei die Besonderheiten ihrer Landwirtschaft berücksichtigen können.

Die EU-Nitratrichtlinie ist aufgrund eines schwerwiegenden Problems notwendig: Bei unsachgemäßer Düngung von Hanglagen werden die in den Düngemitteln enthaltenen Nitrate ausgewaschen und gelangen über das Grundwasser in das Trinkwasser. Dieses Problem ist keineswegs akademisch. Tatsächlich liegt der Nitratgehalt im Grundwasser in Österreich und Deutschland an vielen Orten über dem erlaubten Grenzwert.

Fazit: Die EU schreibt Almkühen keine Windeln vor. Diese Behauptung soll bloß Maßnahmen verunglimpfen, die eine Senkung des Nitratgehalts im Grundwasser unter die erlaubten Grenzwerte sicherstellen sollen.

Die EU verbietet die Brettljause und Bierkrüge aus Steingut

Was dem Österreicher seine Brettljause (eine auf einem Holzbrett servierte Brotzeit), ist dem Bayern sein Bierkrug aus Steingut. Nun kommt die EU und will beides verbieten. Gerüchte, die EU wolle in Holzbottichen gereiften Käse verbieten, machten ebenso die Runde.

Die Befürchtungen entstanden im Vorfeld zum Erlass von EU-Hygienevorschriften im Lebensmittelbereich. Skeptiker befürchteten, die EU würde traditionelle Erzeugungs- und Verabreichungsmethoden untersagen.

Tatsächlich sind all diese Bereiche von den EU-Hygienebestimmungen nicht betroffen. Die seit 2006 geltenden Bestimmungen erlauben ausdrücklich die Produktion von Lebensmitteln mit traditionellen Methoden und sichern so insbesondere kleine Hersteller regionaltypischer Produkte ab. Die Brettljause darf weiterhin auf Holzbrettern serviert werden. Auch der Tiroler Almkäse reift in manchen Betrieben noch immer im Holzbottich.

Ähnlich verhält es sich mit den bayerischen Bierkrügen. 2014 fand in manche Medien die Behauptung Eingang, die bayerische Regierung hätte erfolgreich ein Verbot von Bierkrügen aus Steingut abgewehrt. Tatsächlich verbietet eine EU-Richtlinie aus dem Jahr 2004 (Richtlinie 2004/22/EG) undurchsichtige Schankmessgeräte. Sie gilt für Geräte, die zum Messen der ausgeschenkten Menge eines Getränks dienen, z.B. durchsichtige Biergläser, wie sie in Gaststätten verwendet werden: An ihrem Messstrich wird die Getränkemenge beurteilt. Steinkrüge fallen nicht darunter, da sie sich selbst bei Anbringung eines Eichstrichs aufgrund ihres undurchsichtigen Materials nicht als Messgeräte für den Ausschank schäumenden Biers eignen. Sie bleiben weiter erlaubt. Die Vertretung der EU-Kommission in Deutschland hat das auf ihrer Website ausdrücklich klargestellt.

Fazit: Die EU hat weder die Brettljause noch Bierkrüge aus Steingut verboten. Wer will, kann zur Jause vom Holzbrett weiterhin Bier aus irdenen Krügen trinken.

Die EU regelt sogar die Gurkenkrümmung

Richtig! Die Verordnung Nr. 1677/88 zur Festsetzung von Qualitätsnormen für Gurken regelt seit 1988 auch die maximal erlaubte Gurkenkrümmung bei Großhandelsware. Zumindest österreichische EU-Skeptiker sollten sich aber gut überlegen, ob sie gerade diese Verordnung als »Beweis« für den Regulierungswahn der EU anführen wollen. Denn Österreich hat schon 1967 ein Qualitätsklassengesetz erlassen, das ab dem Jahr 1968 gemeinsam mit der Qualitätsklassenverordnung den zulässigen Krümmungsgrad österreichischer Salatgurken regelte. Wer die »Gurkenkrümmungsverordnung« als EU-Regulierungswahnsinn ansieht, muss also auch anerkennen, dass Österreich nach dieser Betrachtungsweise dem »Brüsseler Regulierungswahn« um 20 Jahre voraus gewesen ist.

Seit Juli 2009 feiert die krumme Gurke übrigens ihr Comeback. Die EU hat die »Gurkenkrümmungsverordnung« gemeinsam mit anderen Regeln über Form und Größe von Obst und Gemüse abgeschafft. Der Handel hat dies im Fall der Gurke eher bedauert. Denn gerade Gurken sind leichter und billiger zu transportieren. Auch benötigen sie weniger Lagerplatz. Die »Gurkenkrümmungsverordnung« entsprang nicht dem »Brüsseler Regulierungswahn«, sondern war ein Wunsch des Handels. Die Idee zu einer solchen Verordnung hatten nicht Brüsseler Bürokraten, sondern die Wirtschaftskommission der UNO.

Fazit: Die »Gurkenkrümmungsverordnung« gab es wirklich. Sie sollte dem Handel helfen, mit geraden Gurken Transport und Lagerung von Gemüse zu vereinfachen.

Die EU fördert Skipisten auf einer dänischen Insel

Die »Sonneninsel« Bornholm ist einer der wärmsten Orte Skandinaviens. Dennoch fördert die EU dort eine Skipiste. Im ersten Winter war diese gerade einmal einen Tag in Betrieb. Trotzdem genehmigte die EU 2012 eine weitere Förderung.

Besonders sinnvoll klingt das nicht. Aber das kann man nur zum geringsten Teil der EU vorwerfen. Denn welche Projekte EU-Fördergelder erhalten, entscheiden in erster Linie die Behörden jenes Mitgliedsstaates, in dem das Projekt liegt. So hat die Förderung der Skipiste auf der warmen Sonneninsel eine dänische Behörde entschieden.

Im Bereich der ländlichen Entwicklung arbeitet jeder Mitgliedsstaat nationale Strategiepläne aus. Ein aus NGO-Vertretern und Vertretern des Mitgliedsstaates gebildeter Begleitausschuss wählt Projekte aus, die der EU-Kommission vorgelegt werden. In diese Auswahl mischt sich die Kommission nicht ein. Die Auswahlentscheidung trifft also der jeweilige Mitgliedsstaat. Wer das ändern will, muss den Mitgliedsstaaten diese Entscheidungsbefugnis wegnehmen. Genau dagegen wehren sich diese aber.

Fazit: Die EU fördert tatsächlich auch sinnlose Projekte. Die Auswahl der förderungswürdigen Projekte treffen aber die Mitgliedsstaaten. Sinnlose Projektförderung ist also vor allem diesen und nicht der EU vorzuwerfen.

EU-weites Aufführungsverbot für Wagner-Opern

Opern des Komponisten Richard Wagner sind besonders laut. Die österreichische Bundesanstalt für Arbeitsschutz und Arbeitsmedizin hat festgestellt, dass die Orchestermusiker bei der Aufführung von Wagner-Opern einem Lärmpegel von bis zu 120 Dezibel ausgesetzt sind. Aus Sicht des Arbeitnehmerschutzes ist das durchaus bedenklich.

Aber Richard Wagner war einer der berühmtesten Opernkomponisten. So berühmt, dass alljährlich die europaweit bekannten Bayreuther Festspiele eigens zu seiner Würdigung veranstaltet werden. Und gerade diese Opern will die EU mit einem Aufführungsverbot belegen?

Die Richtlinie zum »Schutz von Sicherheit und Gesundheit der Arbeitnehmer vor der Gefährdung durch physikalische Einwirkungen« soll Arbeitnehmer vor Gesundheitsschäden durch Lärm am Arbeitsplatz schützen. Tatsächlich gilt diese Richtlinie auch für Orchestermusiker. Sie sind eben auch Arbeitnehmer. Ihr Arbeitsplatz ist der Orchestergraben. Dennoch plant die EU kein Aufführungsverbot für klassische Opern (auch nicht für Wagner-Opern). Dass ein solches Verbot drohe, ist lediglich eine Behauptung von EU-Kritikern, die die guten Absichten eines EU-weiten Arbeitnehmerschutzes vor gesundheitsschädlichem Lärm ins Absurde verdreht. Tatsächlich enthält die Richtlinie Höchstwerte für die durchschnittliche Lärmbelastung in einer Arbeitswoche. Selbst wenn ein Orchestermusiker an mehreren Konzertaufführungen in einer Woche teilnimmt: Die Höchstwerte für die durchschnittliche Lärmbelastung während dieses Zeitraums erreicht er trotzdem nicht.

Fazit: Die mit dem behaupteten Opernaufführungsverbot diskreditierte Richtlinie schützt Arbeitnehmer vor Lärm am Arbeitsplatz.

Die vorgesehenen Höchstgrenzen durchschnittlicher Lärmbelastung werden durch Opernaufführungen nicht erreicht.

Gut erfundene EU-Kritik

Die EU ist eine Organisation, unter deren gemeinsamem Dach mehr als eine halbe Milliarde Menschen leben. Natürlich kann eine so große Organisation nicht alles richtig machen. Selbstverständlich trifft sie auch Fehlentscheidungen. Kritik an der EU mag also durchaus richtig sein. Oft bauschen EU-Kritiker aber Halbwahrheiten oder schlichte Erfindungen um einen wahren Kern herum zu einprägsamen Absurditäten auf. Sie werden geglaubt, denn der EU wird ohnehin alles Mögliche zugetraut. Tatsächlich sind die hinter den besonders einprägsamen Absurditäten stehenden tatsächlichen Absichten der EU meist nachvollziehbar und vernünftig.

Und die Wahrheit hinter dem eingangs erwähnten Schwalbenverbot in Ställen? Auch die ist dürftig. Die südösterreichische Regionalzeitung hat offenbar die Richtlinie 89/362 gründlich missverstanden. Die befasst sich mit Hygienestandards, die Landwirte während des Melkvorgangs einhalten müssen. Mit Schwalben haben diese Hygienestandards nichts zu tun. Die sind bis heute gern gesehene und erlaubte Gäste in den europäischen Kuhställen.

19. Homosexualität ist eine Krankheit

Homosexualität kommt in allen Kulturen und zu allen Zeiten konstant vor. Bisher konnten Wissenschaftler keine eindeutige Ursache finden, weshalb das so ist. Die Weltgesundheitsorganisation WHO hat Homosexualität schon vor Langem von der Liste der menschlichen Erkrankungen gestrichen. Homosexualität ist genauso normal wie Heterosexualität. Denn zwischenmenschliche Beziehungen haben mehr als nur eine Erscheinungsform.

Mann mit Mann und Frau mit Frau – das ist doch krank, hört man immer wieder. Aber ist Homosexualität tatsächlich so ungewöhnlich oder gar ansteckend?

Schwule und Lesben sind krank – das war bis vor gar nicht langer Zeit sogar offizielle Meinung. Erst im Jahr 1992 strich die Weltgesundheitsorganisation WHO (World Health Organisation) der Vereinten Nationen (UNO) die Homosexualität von ihrer offiziellen Liste der Krankheiten. Die American Psychiatric Association, die Vereinigung der US-amerikanischen Psychiater, war schneller: Sie hatte Homosexualität schon im Jahr 1973 von der Liste der psychischen Störungen entfernt.

Heute ist klar dokumentiert, dass Homosexualität weder eine Krankheit ist noch unnatürlich. Sondern einfach eine Spielart der Liebe, die weder besser noch schlechter ist als Heterosexualität, die Liebe zwischen Frau und Mann.

Aus diesem Grund hat etwa Kalifornien bereits 2012 als erster US-Bundesstaat Therapien zur Umerziehung homosexueller Jugendlicher gesetzlich verboten. Denn Homosexualität, so steht es in diesem Gesetz, ist »keine Krankheit, keine Geistesstörung und kein Mangelzustand«.

Homosexualität kam und kommt in allen Gesellschaften und zu allen Zeiten vor – egal, ob sie gerade verboten ist oder nicht. Seit die Menschen in der Lage sind, schriftliche Zeugnisse zu hinterlassen, ist Homosexualität in jeder Kultur und in jeder Epoche belegt. Bereits das Gilgamesch-Epos, dessen früheste Fassung aus dem Jahr 1700 vor Christus stammt, erzählt, wie sich ein mystischer König in einen wilden Mann »wie in eine Ehefrau« verliebt. Spanische Entdecker berichteten von Bewohnern in der Neuen Welt, die Frauenkleider trugen und sich mit anderen Männern vergnügten. Homosexuelle Beziehungen sind in traditionellen afrikanischen Gesellschaften genauso belegt wie in der arabischen Kultur. Bildliche Darstellungen, wie Männer Sex mit anderen Männern haben, finden sich in Japan bereits im 8. Jahrhundert vor Christus.

Berühmte Homosexuelle
Die Hollywood-Schauspielerin **Jodie Foster** lebte viele Jahre gemeinsam mit der Filmproduzentin Cydney Bernard, mit der sie auch zwei Söhne großzog. Foster wurde für ihre Rollen in den Filmen »Das Schweigen der Lämmer« und »Angeklagt« mit Oscars ausgezeichnet.
Im Januar 2014 outete sich der frühere deutsche Fußball-Nationalspieler **Thomas Hitzlsperger** als erster deutscher Profifußballer in einem Interview als homosexuell.
Die Schauspielerin, Moderatorin und Komikerin **Ellen deGeneres** bekannte sich 1997 nicht nur selbst öffentlich zu ihrer Homosexualität, sondern outete auch ihre Filmfigur »Ellen« in der gleichnamigen Sitcom.
Mit 53 Jahren erklärte **Tim Cook**, Chef des Computerkonzerns Apple, im Oktober 2014 öffentlich: »Ich bin stolz darauf, schwul zu sein.«
Popstar **Ricky Martin** machte seine Homosexualität 2010 öffentlich bekannt und war danach vier Jahre lang mit einem Mann verheiratet.
Die deutsche Fernsehjournalistin und Starmoderatorin **Anne Will** hat ebenso seit vielen Jahren eine Lebensgefährtin wie die Schauspielerin und »Tatort«-Kommissarin **Ulrike Folkerts**.
Die österreichische Skispringerin und Gewinnerin des Gesamtweltcups 2014/15 **Daniela Iraschko-Stolz** heiratete im Jahr 2013 ihre Partnerin.

Im antiken Griechenland war es durchaus üblich, dass Männer Liebesbeziehungen zu meist jüngeren Männern oder teilweise sogar zu Buben unterhielten. Selbst in der griechischen Mythologie spielt Homosexualität eine Rolle. So verliebte sich Götterkönig Zeus so sehr in den wunderschönen Hirtenjungen Ganymed, dass er ihn in den Olymp entführte. Zahlreiche antike Vasen sind mit Darstellungen homosexueller Liebesakte verziert.

Die Liebe des älteren Mannes zu einem jungen Knaben wurde im alten Griechenland »paiderastia« genannt, was auf Altgriechisch

»Knabenliebe« heißt. Diese Bezeichnung steckt auch heute noch im Fremdwort »Päderast«, mit dem im Deutschen ein Erwachsener bezeichnet wird, der Kinder sexuell missbraucht.

Schon damals hatten auch Frauen Sex mit Frauen, doch über die weibliche Homosexualität ist viel weniger überliefert als über jene der Männer. Man weiß aber zum Beispiel, dass auf der griechischen Insel Lesbos die antike Dichterin Sappho lebte, die dort eine Schule für Mädchen im heiratsfähigen Alter führte, zu denen sie auch homosexuelle Beziehungen gehabt haben soll. Nach ihr und der Insel, auf der Sappho lebte, wird homosexuelles Lieben von Frauen »lesbisch« genannt.

Unter den griechischen Männern, die Beziehungen zu anderen Männern hatten, waren sehr viele bisexuell. Sie hatten Sex abwechselnd mit Frauen und mit Männern. Während manche griechischen Männer nur zusätzlich Liebesbeziehungen zu Jünglingen eingingen, waren andere auch Männern gleichen Alters zugeneigt.

Die Burschen in der im antiken Griechenland üblichen Knabenliebe standen aber oftmals in einem Abhängigkeitsverhältnis zu dem älteren Liebhaber. Sie kann deshalb nicht mit heutigen, einvernehmlichen Liebesbeziehungen zwischen zwei Männern oder zwei Frauen gleichgesetzt werden.

Etwas strenger war die Sexualmoral später bei den Römern. Auch hier waren homosexuelle Handlungen nicht verpönt. Allerdings durfte der freie, erwachsene Römer beim gleichgeschlechtlichen Sex niemals die passive Rolle einnehmen. Diese war den Sklaven vorbehalten. Homosexualität zwischen freien Römern galt wiederum als unzüchtig und war strafbar. Geschlechtsverkehr zwischen freien Römern und erwachsenen Sklaven wurde zwar auch nicht gerne gesehen, war aber nicht strafbar, sondern geduldet.

Mit dem Aufstieg des Christentums änderte sich auch die Sichtweise auf die Homosexualität. Mit der christlichen Lehre rückte die Fortpflanzung in das Zentrum der Sexualität. Sex war nicht mehr dazu da, Spaß zu haben, sondern um möglichst viele kleine Ebenbilder Gottes zu schaffen. So ist in der biblischen Schöpfungsgeschichte zu lesen: »Gott schuf den Menschen als Mann und Frau, damit sie sich zu einem Paar vereinen und Partner füreinander sind« (Gen 1,27 / 2,18.22–24).

Für Homoerotik war da – zumindest offiziell – kein Platz mehr. Im Buch Levitikus des Alten Testaments steht: »Schläft einer mit einem Mann, wie man mit einer Frau schläft, dann haben sie eine Gräueltat begangen; beide werden mit dem Tod bestraft; ihr Blut soll auf sie kommen.« Verwiesen wird auch gerne auf die biblischen Erzählungen über Sodom und Gomorrha. Die beiden Städte wurden von Gott unter einem Regen von Feuer und Schwefel begraben, weil sich deren Bewohner unzüchtig verhielten und auch homosexuell liebten. Mit diesen Bibelgeschichten ließ sich gut Jagd auf Homosexuelle machen.

So bestimmte der christliche Kaiser Theodosius im Jahr 390 nach Christus in seinem »Codex Theodosianus«, dass alle Homosexuellen verbrannt werden sollten. Diese Einstellung gegenüber gleichgeschlechtlicher Liebe hielt über Jahrhunderte an.

Der Dominikanerpriester und Theologe Thomas von Aquin (geb. um 1225) entwarf eine Hierarchie an »Unzuchtsünden«, an deren unterster Stelle die »einfache Unzucht«, Sex mit Prosituierten, stand. Ganz oben auf der Liste fand sich die »Sünde wider die Natur«, die Thomas von Aquin wiederum unterteilte: Als Erstes die Selbstbefriedigung, als Zweites Sex mit Tieren, als Drittes Anal- oder Oralverkehr und als Letztes und Schlimmstes die Homosexualität.

Kaiser Karl V. verordnete im Jahr 1532: »Wenn ein Mann mit einem Mann, eine Frau mit einer Frau Unkeusches treibt, soll man sie der allgemeinen Gewohnheit nach mit dem Feuer vom Leben zum Tod richten.«

Im Mittelalter wurden Homosexuelle als »Sodomiten« bezeichnet, was ein sündiges Sexualverhalten bedeutet. Heute verwendet man diesen Begriff nur mehr für Sex mit Tieren. Menschen, die schwul oder lesbisch lebten, wurden verfolgt und ermordet. Das heißt aber nicht, dass es während des Mittelalters keine Homosexualität gab. Selbst wenn Liebe und Sex zwischen Männern oder Frauen verpönt war und brutal verfolgt wurde, gibt es zahlreiche schriftliche Belege dafür, dass auch während dieser Zeit gleichgeschlechtlich geliebt wurde.

Während der Renaissance, der historischen Epoche des Übergangs vom Mittelalter zur Neuzeit, entstand eine künstlerische Strömung, die durchaus als homophil (der Homosexualität gegenüber aufgeschlossen) bezeichnet werden kann. Mit der Rückorientierung auf die Antike setzten sich zahlreiche Künstler mit der Knabenliebe auseinander. Berühmt ist etwa Michelangelos Darstellung des Ganymed, des Jünglings, der einst schon Göttervater Zeus den Kopf verdreht haben soll.

Menschen, die gleichgeschlechtlich liebten, galten aber von der Antike bis zur Neuzeit weder als »homosexuell« noch als »krank«. Das änderte sich erst ab dem 19. Jahrhundert.

Das erste Homo-Ehepaar

Die Dänen **Axel und Eigil Axgil** waren das erste schwule Paar weltweit, das eine standesamtliche Ehe einging. Als Dänemark im Jahr 1989 als weltweit erstes Land die gleichgeschlechtliche Ehe erlaubte, heirateten die beiden am 1. Oktober 1989 im Rathaus von Kopenhagen. Damals waren sie bereits seit 49 Jahren ein Paar.

Wegen ihrer Homosexualität und weil sie mit ihrer Agentur Bilder von nackten Männern verkauften, wurden beide im Jahr 1955 zu einer kurzen Gefängnisstrafe verurteilt. Schon damals änderten beide im Gefängnis als Zeichen ihrer Liebe ihre Nachnamen in »Axgil«, den sie aus den Anfangsbuchstaben ihrer beiden Vornamen kreierten. Axel Axgil starb 1995 im Alter von 95 Jahren, sein Partner Eigil 2011 mit 96 Jahren.

Im Jahr 1869 verwendete der ungarische Schriftsteller Károly Mária Kertbeny als Erster den Ausdruck »homosexuell«. Im 19. Jahrhundert änderte sich auch die Sichtweise. Galten Schwule und Lesben zuvor als Sündige, die gegen Gottes Gesetze verstießen, hielt man sie jetzt für krank oder pervers. Dadurch entstand auch die Idee, Homosexuelle zu therapieren, denn was als krank galt, sollte gesund gemacht werden.

Damals begann die Wissenschaft, Theorien zur Entstehung von Homosexualität zu entwickeln. Meinten manche Wissenschaftler, es sei die »Schuld« zu strenger, dominanter Mütter, dass ihre Söhne schwul wurden, argumentierten andere, es seien die zu zärtlichen

Mütter, die ihre Söhne »verweiblichten«. Wieder andere sahen als Ursache für männliche Homosexualität eine Kastrationsangst, also dass der Penis beim Eindringen in die weibliche Vagina abgeschnitten wird.

Andere Wissenschaftler sahen die Wurzel der Homosexualität in den biologischen Erbanlagen, etwa in vermeintlich degenerierten Trieben oder in den Keimdrüsen. So wurde homosexuellen Männern Anfang des 20. Jahrhunderts Hodengewebe heterosexueller Männer transplantiert, um sie zu »kurieren«, anderen wurden Hoden entfernt, um ihre Homosexualität zu »heilen«.

Bis weit hinein in unsere Zeit wurden Homosexuelle den brutalsten Behandlungen ausgesetzt, von Operationen am Gehirn bis zu Schockbehandlungen mit Stromschlägen und vielem mehr.

Brutaler Höhepunkt dieser Menschenversuche an Homosexuellen waren die Experimente, die die Nationalsozialisten an homosexuellen KZ-Häftlingen durchführten. Kurz nach ihrer Machtergreifung begannen die Nazis ab dem Jahr 1934 mit der Verfolgung von Schwulen und Lesben. Tausende Homosexuelle wurden von NS-Richtern verurteilt und landeten in Konzentrationslagern. Zahlreiche Homosexuelle dienten als menschliches Versuchsmaterial und wurden von KZ-Ärzten in Menschenversuchen misshandelt.

Heute steht fest, dass Homosexualität keine Krankheit ist. Gleichgeschlechtliche Liebe ist auch alles andere als unnatürlich.

Homosexuelle in der Politik

Berlins früherer Bürgermeister **Klaus Wowereit** outete sich 2001 mit den Worten »Ich bin schwul und das ist auch gut so«. Der frühere FDP-Chef **Guido Westerwelle** war zwischen 2009 und 2013 Deutschlands erster offen schwuler Außenminister, Island hatte zwischen 2009 und 3013 mit **Jóhanna Sigurdardóttir** die weltweit erste offen lesbische Premierministerin. Die Grün-Politikerin **Ulrike Lunacek** zog 1999 als Österreichs erste offen homosexuelle Politikerin ins Parlament ein und ist heute Vizepräsidentin des EU-Parlaments. In Kolumbien gibt es sogar zwei bekennende Lesben in der Regierung: Wirtschaftsministerin **Cecilia Alvarez Correa** und Bildungsministerin **Gina Parody** haben im August 2014 bekannt gegeben, dass sie ein Paar sind.

Aber woher kommt jetzt eigentlich Homosexualität? Auf diese Frage gibt es zwar mögliche Erklärungsansätze, aber keine endgültigen Antworten. Fest steht, dass es kein Homosexuellen-Gen gibt. Dafür ist der Bauplan der Menschen auch zu komplex, dass ein einziges Gen die gesamte sexuelle Orientierung bestimmen könnte. Ebenfalls widerlegen konnten Wissenschaftler, dass die Erziehung entscheidet, wie ein Mensch als Erwachsener liebt. Die These, dass Männer schwul wurden, weil sie als Muttersöhnchen von ihren Müttern verhätschelt wurden, ist schlichtweg Blödsinn.

Ein aktueller Forschungsansatz besagt, dass »epigenetische Marker«, die regulieren, wann und wie stark ein Gen aktiv ist, mit Homosexualität in Verbindung stehen könnten. Allerdings stellte sich im Zuge von Studien auch heraus, dass manche Träger dieser Marker heterosexuell waren. Und es gab auch Männer, die diese DNA-Marker nicht hatten, aber trotzdem homosexuell waren. Es gibt also in der Wissenschaft immer noch mehr Fragen als Antworten.

Wahrscheinlich ist, dass Homosexualität eine Folge biologischer wie auch sozialer Faktoren ist, das heißt, sie ist wohl zum Teil angeboren, zum Teil durch Umwelterfahrungen entwickelt. Eines ist sie ganz sicher nicht: eine Krankheit.

20. Bei den Nazis war nicht alles schlecht

Manche Mythen über die Nazizeit halten sich hartnäckig – und sind trotzdem falsch: Adolf Hitler hat weder die Arbeitslosigkeit besiegt, noch war den Nationalsozialisten die Familie etwas wert. Selbst dass die Nazis die Autobahn erfunden hätten, stimmt nicht.

Der Wendepunkt der Wirtschaftskrise war schon erreicht, bevor die Nazis die Macht übernahmen, die NS-Familienpolitik hatte nur ein Ziel: die Züchtung eines »Herrenmenschen«. Und die ersten Autobahnen wurden bereits 1921 erbaut, die Nationalsozialisten kamen aber erst 1933 an die Macht.

Immer wieder hört man, es sei doch nicht alles schlimm gewesen, was die Nazis zwischen 1933 und 1945 gemacht haben. Hier drei besonders häufige Behauptungen, was Adolf Hitler und die Nationalsozialisten Gutes getan haben sollen:

Im Dritten Reich gab es keine Arbeitslosigkeit

Hitler hat den Menschen zu Arbeit verholfen und die Arbeitslosigkeit erfolgreich bekämpft. War das wirklich der Fall?

Im Jahr 1932 erreichte die Arbeitslosigkeit in Deutschland ihren historischen Höchststand. Damals hatten 6,04 Millionen Menschen keine Arbeit. 1933, als Adolf Hitler in Deutschland an die Macht kam, war die Arbeitslosigkeit bereits wieder auf 6,01 Millionen abgesunken. Der Wendepunkt der damaligen Wirtschaftskrise war also bereits erreicht, bevor Hitler die Macht übernahm.

Es stimmt, dass sich die Arbeitslosigkeit unter Hitler stark verringerte. Das hatte verschiedene Gründe:

1. Hitler und die Nationalsozialisten nutzten dafür statistische Tricks: Ab November 1933 wurden Menschen, die nur unregelmäßig Arbeit hatten oder als Hilfsarbeiter in der Landwirtschaft arbeiteten, sowie Arbeitslose mit einer Behinderung einfach aus der Arbeitslosenstatistik gestrichen. So hatte man auf dem Papier ganz schnell weniger Arbeitslose, ohne dass tatsächlich mehr Menschen Arbeit hatten.
2. Die Nationalsozialisten verfolgten Juden und politisch Andersdenkende brutal. Viele Menschen mussten deshalb ab 1933 ins Ausland fliehen oder wurden in Konzentrationslager gesperrt. Diese Menschen kamen in der Arbeitslosenstatistik ebenfalls nicht vor und ihre Arbeitsplätze wurden für andere Personen frei.
3. Als Hitler 1933 an die Macht kam, gab der Staat 7,5 Prozent seines Geldes für Kriegsgerät aus. Bis zu den Jahren 1938/39 stieg der Anteil der Rüstungsausgaben auf 60 Prozent. Weil

zur Vorbereitung des Zweiten Weltkriegs besonders viele Panzer, Bomben und Granaten gebaut werden mussten, stieg die Beschäftigung in der Kriegsindustrie rasant und die Arbeitslosigkeit verschwand. Ab 1939 musste ein großer Teil der Männer in den Krieg ziehen. Dadurch wurden ihre Arbeitsplätze in der Heimat für andere frei.

4. Gleich nachdem sie die Macht übernahmen, versuchten die Nationalsozialisten, die Frauen aus dem Arbeitsmarkt und zurück an den Herd zu drängen. Sie erfanden ein »Ehestandsdarlehen« für frisch verheiratete deutsche Paare, mit dem diese sich eine Wohnung einrichten konnten. Dieses Darlehen wurde aber nur vergeben, wenn die Frau sich verpflichtete, für die Laufzeit des Darlehens nicht arbeiten zu gehen. Weil den Nazis bald die Arbeitskräfte ausgingen, strichen sie dieses Beschäftigungsverbot später aber wieder.

Durch diese Maßnahmen gab es tatsächlich so gut wie keine Arbeitslosigkeit im Dritten Reich. Wie aber ging es eigentlich den Arbeiterinnen und Arbeitern unter Hitler? Von einer 40-Stunden-Woche, wie wir sie heute kennen, konnten die Beschäftigten damals nur träumen. Im Jahr vor Hitlers Machtübernahme lag die wöchentliche Arbeitszeit bei 41,47 Stunden. Bis 1937 stieg sie auf 46,06 Stunden, im Jahr 1941 lag die durchschnittliche Wochenarbeitszeit in der Industrie sogar bei 50 Stunden.

Im September 1939 erließen die Nationalsozialisten einen allgemeinen Lohnstopp. Außerdem strichen sie den Arbeitern mit Kriegsbeginn alle Zuschläge für Mehrarbeit, Nachtarbeit, Wochenend- oder Feiertagsarbeit. Die Menschen mussten also unter den Nazis mehr arbeiten als davor – und das für weniger Geld. Gleichzeitig konnten sie sich für ihren Lohn weniger kaufen. Denn die Kosten für Lebensmittel und Bekleidung stiegen zwischen 1933 und 1941 deutlich.

Während des Zweiten Weltkriegs errichteten die Nationalsozialisten auch »Arbeitserziehungslager«. Dort landeten Menschen, die verdächtigt wurden, während der Arbeit zu bummeln, oder die unentschuldigt nicht an ihrem Arbeitsplatz erschienen. Dort mussten sie für einige Wochen Zwangsarbeit leisten und kehrten danach zurück auf ihren Arbeitsplatz. Wer als »unverbesserlich« galt, wurde ins Konzentrationslager geschickt.

Fazit
Wer Kanonen für den Dritten Weltkrieg bauen möchte, gerne mehr Stunden als heute schuften will – und das für weniger Lohn bei höheren Kosten für Lebensmittel, dem könnte Hitlers Beschäftigungspolitik tatsächlich gefallen. Allen anderen nicht.

Adolf Hitler haben wir die Autobahnen zu verdanken

Gegen Autobahnen ist tatsächlich nichts zu sagen, auf denen fahren wir ja noch heute. Aber wer hat sie tatsächlich erfunden?

Als die Nationalsozialisten 1933 in Deutschland an die Macht kamen, war die erste »Autostrada«, die 130 Kilometer lange italienische Autobahn zwischen Mailand und den oberitalischen Seen, schon seit zehn Jahren in Betrieb. Selbst im eigenen Land waren die Nazis nicht die Ersten, die Autobahnen gebaut haben. Das erste Autobahnteilstück in Deutschland, die innerstädtische Berliner AVUS (Automobil-Verkehrs- und Übungs-Straße), war 1913 begonnen und 1921 für den öffentlichen Verkehr freigegeben worden. Vor ihrer Machtübernahme lehnten führende Nationalsozialisten den Autobahnbau sogar ab.

Als die Nazis an der Macht waren, änderten sie ihre Meinung. Während des NS-Regimes wurden mehr als 3.000 Kilometer Autobahnnetz gebaut. Das entspricht fast einem Viertel aller Autobahnen, die es heute in Deutschland gibt. Allerdings bauten die Nazis die Autobahnen mit dem Plan, sie für ihre kriegerischen Vorhaben zu nutzen. Die Wehrmachtführung griff von Anfang an in die Streckenführung ein. Die Autobahnen wurden auch so konzipiert, dass ihr Oberflächenbelag den Ketten von Panzerfahrzeugen standhalten sollte. Die Reichsautobahnen wurden sowohl bei der Besetzung des Rheinlands im März 1936 als auch beim Überfall auf Polen im September 1939 für militärische Aufmärsche benutzt.

Die Nazis haben tatsächlich viele Autobahnkilometer errichtet, nicht zuletzt mit Sklavenarbeit von KZ-Häftlingen und Zwangsarbeitern, eines ist aber ein Mythos: dass Hitler in Österreich für

Autobahnen gesorgt habe. Zwar hat der Nazi-Führer am 7. April 1938 unter großem Getöse am Walserberg an der deutsch-österreichischen Grenze mit einem Spatenstich den Bau der österreichischen Westautobahn eingeleitet. Geplant waren in der »Ostmark« insgesamt 1.422 Autobahnkilometer. Zu Kriegsende waren aber gerade einmal zwei Teilstücke fertiggestellt, eines nahe dem Walserberg und ein zweites von Salzburg-Mitte nach Salzburg-Süd. Gesamtlänge dieser beiden Nazi-Autobahnen: 16,8 Kilometer. Das sind nicht einmal zwei Prozent des Autobahnnetzes, das Hitler der »Ostmark« versprochen hat.

Fazit

Die Nationalsozialisten haben zwar viele Kilometer Autobahn gebaut, »erfunden« hat die Autobahn aber wer anderer. Die ersten Autobahnen wurden 1921 in Berlin und 1923 in Italien eröffnet. Für den Autobahnbau setzten die Nazis auch KZ-Häftlinge und Zwangsarbeiter unter unmenschlichen Bedingungen ein. Österreich, der damaligen »Ostmark«, hat Hitler ein 1.422 Kilometer langes Autobahnnetz versprochen. Geworden sind es dann aber nur 16,8 Kilometer.

Im Dritten Reich war die Familie noch etwas wert

Es mag ja sein, dass die Nationalsozialisten viele Fehler gemacht haben, aber die Familienpolitik der Nazis sei doch besser gewesen, heißt es manchmal. Hatten es Mutter und Vater im Dritten Reich tatsächlich so toll?

Das bekannteste Symbol nationalsozialistischer Familienpolitik ist das Mutterkreuz, das die Nazis an Frauen mit besonders vielen Kindern verliehen. Ab vier Kindern gab es das Mutterkreuz in Bronze, ab sechs in Silber und wer acht und mehr Kinder zur Welt brachte, bekam das goldene Mutterkreuz verliehen.

Aber nicht jeder Nachwuchs war erwünscht. Den Nationalsozialisten ging es nicht darum, familienfreundlichere Bedingungen zu schaffen. Ihr Ziel war es, die Züchtung eines »deutschen Herrenmenschen« voranzutreiben. Deshalb bekamen nur »arische« Mütter diese Auszeichnung. Und auch diese nur, wenn keines ihrer Kinder eine geistige oder körperliche Beeinträchtigung hatte oder wenn in der »Sippe« der Frau keine »asozialen Elemente« anzutreffen waren (etwa weil ein Verwandter Alkoholiker war oder als arbeitsscheu galt). Wurde einer Frau »sexuelle Hemmungslosigkeit« oder eine unordentliche Haushaltsführung vorgeworfen, bekam sie ebenfalls kein Mutterkreuz.

Neben dem Mutterkreuz führten die Nazis auch ein Kindergeld ein. Dieses wurde aber nur an bedürftige »arische« Familien mit mindestens fünf Kindern ausbezahlt. Hatten die Eltern oder ein Kind ein vererbbares körperliches oder geistiges Gebrechen, dann taugte die Familie nicht für die Herrenmenschenzucht und es gab auch kein Kindergeld.

Auch wen man heiratete, konnten die Menschen nicht frei wählen. Ab 1935 durfte nur vor den Altar treten, wer ein »Ehetauglichkeitszeugnis« vorlegen konnte. So ein Zeugnis bekam aber nur, wer die rassischen und erbbiologischen Kriterien der Nazis erfüllte. Sex zwischen »Ariern« und Juden wurde unter Strafe gestellt. Mehr als 400.000 Menschen wurden zwischen 1933 und 1945 zwangssterilisiert, darunter Obdachlose und Menschen mit körperlichen Behinderungen.

Während es »arischen« Frauen unter Androhung strenger Strafen verboten war, abzutreiben, töteten die Nationalsozialisten alles, was in ihren Augen »unwertes Leben« war. Kinder mit Behinderungen wurden ihren Familien entrissen und ermordet. Im August 1939 wurde die Erfassung aller »missgebildeten« Kinder angeordnet. Ärzte und Hebammen erhielten zwei Reichsmark für jedes Baby mit Behinderung, das sie den Behörden meldeten. In der Führerkanzlei waren drei Ärzte beschäftigt, die diese Meldungen sichteten und die Namen der Kinder, die ermordet werden sollten, an die örtlichen Gesundheitsämter weiterleiteten.

Treue war den Nazi-Führern nicht so wichtig, wenn es um die Zucht ging: Heinrich Himmler, Reichsführer-SS und einer der wichtigsten Politiker der Nazis, befahl während des Krieges seinen im Reich verbliebenen SS-Männern in einer geheim gehaltenen Anweisung, »ihre im Felde stehenden Kameraden bei deren Ehefrauen zu vertreten«.[84] Das sollte den »Nachschub« an Kindern auch in Kriegszeiten sicherstellen. Für die Zeit nach dem Krieg plante Himmler, hochdekorierten Frontkämpfern die Erlaubnis zu erteilen, zwei Frauen zu heiraten. Damit sollten noch bessere »Zuchterfolge« erreicht werden.

Fazit

Die familienpolitischen Maßnahmen der Nationalsozialisten hatten ein Ziel: die Schaffung eines »deutschen Herrenmenschen«. Es ging nie darum, eine familienfreundliche Gesellschaft zu ermöglichen, sondern um die Vervielfältigung von Erbgut, das die Nationalsozialisten als »arisch rein« erachteten. Menschen, die nicht den rassischen Vorstellungen entsprachen, wurden zwangssterilisiert, in Konzentrationslager gesperrt oder ermordet.

21. Den Holocaust hat es nie gegeben

Der Holocaust ist millionenfach bewiesen.[85] Wer anderes behauptet, will entweder bewusst provozieren und lügen oder ist nicht in der Lage, einfachste Zusammenhänge zu begreifen. Einzelne Details und auch die eine oder andere Opferzahl werden sich mit Fortschreiten der Holocaust-Forschung wohl noch ändern. Denn noch sind nicht alle Quellen aufgearbeitet. An der unermesslichen Schuld deutscher und österreichischer Täter jener Zeit werden diese Korrekturen jedoch nichts ändern.

Der Holocaust – der Massenmord an Juden, Osteuropäern, Roma und Sinti, Homosexuellen und Widerstandskämpfern durch die Nazis – ist historisch unbestritten. Dennoch gibt es Menschen, die den Holocaust abstreiten und von der »Auschwitzlüge« sprechen. Kann es am Holocaust tatsächlich noch Zweifel geben?

Wer das Morden der Nationalsozialisten abstreiten oder verharmlosen will, zeigt meist viel Detailliebe.[86] So erzählen Holocaustleugner gerne von einer im Konzentrationslager Buchenwald angeblich unbenutzt vorgefundenen Gaskammer. Das soll belegen, dass auch die Tötungskammern anderer Lager nie benutzt oder gar erst nach Kriegsende von Gegnern Deutschlands eingebaut worden seien. Sie behaupten, dass in den Wänden der Gaskammern von Auschwitz-Birkenau, dem bekanntesten Vernichtungslager der Nationalsozialisten, kaum Giftgasrückstände gefunden wurden. Das soll beweisen, dass in diese Räume nie Giftgas eingeleitet wurde.

Holocaustleugner arbeiten mit Halbwahrheiten. Es stimmt, dass sich an den Wänden von Gaskammern keine größeren Giftmengen abgelagert haben. Es ist aber längst wissenschaftlich nachgewiesen, dass das auch gar nicht möglich war. Die Nazis stopften ihre Opfer in derart großer Zahl in die Gaskammern, dass diese das Giftgas restlos einatmeten. Haarproben aus Auschwitz belegen: Die Giftgasrückstände finden sich nicht in den Mauern, sondern in den Haaren der Opfer. Aber solche Details verschweigen Holocaustleugner. Denn ihr Ziel ist es, Zweifel zu schüren: Die Morde seien nicht so systematisch gewesen wie behauptet, die Opferzahlen überhöht, Beweismittel gefälscht. Ein Morden wie in Auschwitz, insbesondere industrielle Menschentötungen, sei technisch zur damaligen Zeit gar nicht machbar gewesen.

Manche Holocaustleugner legen Grundrisse des Stammlagers Auschwitz aus dem Jahr 1940 vor. Damit wollen sie belegen, dass die für eine massenhafte Menschenvernichtung erforderliche Raumaufteilung gar nicht vorhanden war. Sie erwähnen natürlich nicht, dass sich die Vernichtung in Auschwitz auf mehrere Lager verteilte und ihr Schwerpunkt nicht im Stammlager Auschwitz, sondern im nahe gelegenen Vernichtungslager Auschwitz-Birkenau lag. Ebenso gerne verschweigen sie den Umstand, dass erste »Probevergasungen« in Auschwitz erst im September 1941 erfolgten und das Lager damals bereits umgebaut war, sodass es den vorgelegten Grundrissen aus dem Jahr 1940 gar nicht mehr entsprach.[87]

Wer mit Auschwitzlüge und Holocaustleugnung provozieren oder seine Dummheit unter Beweis stellen will, dem bleibt auch nichts anderes als die Flucht in scheinlogische, manipulierte oder unbedeutende Details.[88] Denn dass die Nationalsozialisten Millionen Menschen vergast, erschlagen, erschossen oder dem absichtlichen Hungertod ausgeliefert haben, ist historisch eindeutig belegt. Aber warum ist das so sicher? Was macht das Wissen über den Holocaust so unangreifbar?

Es ist schlicht die erdrückende Fülle an Beweisen verschiedenster Herkunft. Historiker konnten schon früh Opferlisten sichern. Mehr noch wissen wir direkt aus der Hand der Opfer. Wir kennen »die Erinnerungen einer jungen jüdischen Frau, die sich aus dem Massengrab in Babij Jar in Kiew hervorgrub, und die einer anderen, der dasselbe in Ponary bei Vilnius (Wilna) gelang. Wir besitzen die Memoiren einiger der wenigen Dutzend Überlebenden aus Treblinka. Wir besitzen ein Archiv des Warschauer Ghettos, das sorgfältig gesammelt, vergraben und dann zum größten Teil wiedergefunden wurde. […] Wir besitzen Notizzettel, die von Polen aus den Bussen geworfen wurden, als man sie bei den deutschen Mordaktionen […] zu Massengräbern fuhr. Wir besitzen die Wörter, die an die Wand der Synagoge von Kowel (in der Ukraine, Anm.) geritzt wurden, und die an der Wand des Gestapo-Gefängnisses von Warschau.«[89]

Im Memorial Center des ehemaligen Vernichtungslagers Auschwitz-Birkenau stehen Besucher vor Hunderten Porträtfotos Ermordeter, die Angehörige nach dem Krieg zur Erinnerung an ihre Familienmitglieder an diese Stätte der Unmenschlichkeit gebracht haben. Sie stehen vor einem rostigen Haufen verbogener Messer, Gabeln und Löffel, die an jenem Ort der Ewigkeit entgegenrosten, an dem »Kanada« abgebrannt ist – jenes Warenhaus, in dem die Lagerwache von Auschwitz geplünderte Wertsachen aufbewahrte. In anderen Räumen lagern Berge von Schuhen. Besucher starren fassungslos auf einen Haufen achtlos übereinandergeworfener Bein- und Armprothesen. Wenig weiter betreten sie einen bis unter die Decke mit Koffern vollgestopften Raum, jeder Koffer fein säuberlich und gut lesbar mit dem Namen und der Adresse eines Menschen versehen, der dieses Schlachthaus nicht mehr verlassen durfte. Man sieht Berge von Haaren, glatt oder lockig, teilweise seit über 70 Jahren zu kleinen blonden Mädchenzöpfen geflochten. Haare zum Kilopreis von 0,50 Reichsmark. Im ehemaligen Vernichtungslager liegen bis heute die Sauger, Beißringe und Kleidungsstücke ermordeter Säuglinge, genauso wie elegante Schnürstiefel vergaster Frauen und Gebetsriemen erschlagener Männer. Lagerzäune, Toiletten und Galgen haben die Jahrzehnte ebenso überdauert wie in die Zellenwände des Todesblocks geritzte Nachrichten, Kruzifixe und Jesusbilder verzweifelter Häftlinge. Wir sehen eine komplette Lagerinfrastruktur und die Ruinen riesiger Leichenverbrennungsanlagen.

All das existiert nicht nur in Auschwitz, sondern auf ähnliche Weise auch an anderen Orten nationalsozialistischen Wütens. In vielen baltischen, weißrussischen und ukrainischen Dörfern kennen Einheimische noch heute jene Wiesen und Hecken, unter denen in wenigen Zentimetern Tiefe Tausende und Abertausende Knochen und Zähne von Opfern des nationalsozialistischen Blutrauschs modern. Das Memorial Museum auf dem Gelände des Vernichtungslagers Bełżec im damals von den Nationalsozialisten besetzten Polen ist auf Asche und Knochenstaub Hunderttausender Opfer errichtet. Besucher sehen dort einen Berg rostiger Haustürschlüssel, von den hilflosen Opfern kurz vor ihrer Ermordung fortgeworfen und später von anderen aus jener Leichenasche geborgen, die das Gelände nun bedeckt. Viel mehr hat das gründliche Spurenverwischen der Täter in Bełżec nicht überdauert.

Erste Berichte über den Holocaust gab es bereits vor Kriegsende. Jan Karski, ein polnischer Widerstandskämpfer, ließ sich als Hilfswachmann verkleidet in ein Vernichtungslager einschleusen und berichtete 1943 dem amerikanischen Präsidenten Franklin D. Roosevelt von den unvorstellbaren Gräueln, die er dort mit ansehen musste.[90] Es existieren Tagebücher junger Mädchen aus dem Konzentrationslager Theresienstadt[91] und ebenso junger Häftlinge aus kleinen Nebenlagern.[92] Wir wissen über Auschwitz aus zahlreichen

Büchern ehemaliger Häftlinge[93], ebenso über Dachau und andere Konzentrationslager.[94]

Das am 16. September 1946 aus der Asche des von nazideutschen Truppen niedergebrannten Warschauer Ghettos ausgegrabene »Ringelblum-Archiv« zeichnet eine beinahe vollständige Geschichte des Warschauer Ghettos in all seinen Lebensaspekten und Grausamkeiten nach. Der jüdische Historiker Emanuel Ringelblum, selbst Gefangener des Ghettos und schließlich von den Nazis ermordet, hatte Abertausende Botschaften, Notizbücher, Berichte und Alltagsschilderungen der Ghettobewohner zusammengetragen und zwischen 1942 und 1943, in großen Milchkannen geschützt, im Ghetto vergraben.

Aber es sind nicht nur die toten Opfer, denen wir viele Informationen verdanken. Vieles haben die Täter selbst erzählt; sosehr sie sich auch gegen Ende des Krieges um Vertuschung ihrer Verbrechen bemühten. Schon unmittelbar nach Kriegsende waren viele verwundert, wie genau und umfangreich die Täter ihre Verbrechen in Behördenakten, offiziellen Dienstanweisungen, Befehlen und Dienstberichten dokumentiert hatten.[95] Tonnenweise erhalten sind Schreiben, in denen deutsche Behörden in zynischem Amtsdeutsch Angehörige über den Tod von Familienmitgliedern in den Konzentrationslagern informierten (meist unter Angabe falscher, »unverdächtiger« Todesursachen).

Mancher Bericht fand über verschlungene Wege in die Archive, zum Beispiel die Lebensbeichte des SS-Generals Jürgen Stroop, der die Vernichtung des Warschauer Ghettos befehligte und dabei den Mord an 17.000 Juden zu verantworten hatte. Der als Kriegsverbrecher inhaftierte Stroop hat sie Kazimierz Moczarski gegenüber abgelegt, einem polnischen Untergrundkämpfer gegen die deutsche Besatzung. Moczarski war im kommunistischen Nachkriegspolen fälschlich der Kollaboration mit den Nazis bezichtigt worden. Um seinen Willen zu brechen, steckte man ihn nach Kriegsende mit dem SS-General in eine Zelle.[96]

Außerdem sind Briefe und Berichte deutscher Polizisten und Soldaten erhalten, die in Osteuropa Hunderttausende Juden und andere Zivilisten erschossen. Zum Beispiel jener des Wiener »Polizeisekretärs« Walter Mattner an seine Frau: »Bei den ersten Wagen [die

die Opfer brachten, Anm.] hat mir etwas die Hand gezittert, als ich geschossen habe, aber man gewöhnt das. Beim zehnten Wagen zielte ich schon ruhig und schoss sicher auf die vielen Frauen, Kinder und Säuglinge [...] Säuglinge flogen in grossem Bogen durch die Luft und wir knallten sie schon im Fliegen ab, bevor sie in die Grube und ins Wasser flogen.«[97]

Eine wichtige Quelle ist das Protokoll der Wannseekonferenz, bei der die beteiligten Nazigrößen am 20. Januar 1942 die Vernichtung der europäischen Juden beschlossen und festhielten, dass weitere elf Millionen Juden zu ermorden seien. SS-Obersturmbannführer Adolf Eichmann, verantwortlich für die Judendeportationen, bestätigte noch 20 Jahre später den Inhalt des Protokolls und seine Umsetzung. Die Aussagen einer Unzahl deutscher Massenmörder, unter anderem der deutschen Hauptkriegsverbrecher, darunter von Rudolf Höß, dem Lagerkommandanten von Auschwitz, und vielen anderen Lagerkommandanten, Einsatzgruppenkommandeuren und Gestapo-Folterern, sind penibel protokolliert und aufbewahrt (teilweise auch auf Tonband). Die hochrangigen Angeklagten selbst haben die Tatsache des Holocaust nie in Abrede gestellt, sondern lediglich Art und Umfang sowie den eigenen Beitrag zu relativieren versucht. Das gilt für die Angeklagten in den großen Hauptkriegsverbrecherprozessen genauso wie für jene in vielen Einzelprozessen. Das große Holocaustleugnen begann erst später.

Zu manchen Verbrechen gibt es auch Schilderungen von Nebentätern und unfreiwilligen Helfern, etwa die detaillierte Aussage eines deutschen Lastwagenfahrers zum Massenmord in Babij Jar nahe Kiew (Ukraine), bei dem deutsche Truppen in nur zwei Tagen 33.771 Juden ermordeten.[98]

Erhalten geblieben sind auch Tagebücher und Berichte einiger deutscher Soldaten, die inmitten des Schlachtens ihr Mitleid für die russische Zivilbevölkerung bewahrten und die Leiden dieser Menschen dokumentierten.[99] Erhalten sind außerdem Berichte schockierter Wehrmachtssoldaten, deren Züge auf dem Weg an die russische Front in Bahnhöfen neben Lastenzügen mit Viehwaggons hielten – Viehwaggons voll mit verhungernden, verdurstenden und sonst wie sterbenden Männern, Frauen und Kindern.[100]

Beweismittel im Nürnberger Prozess gegen die Hauptkriegsverbrecher

Von 20. November 1945 bis 1. Oktober 1946 führte ein internationaler Militärgerichtshof in Nürnberg einen Gerichtsprozess gegen die 24 »Hauptkriegsverbrecher« durch. Angeklagt waren hohe Repräsentanten der nationalsozialistischen Führung, der deutschen Kriegswirtschaft, des deutschen Militärs, der nationalsozialistischen Propagandamaschinerie und des Reichssicherheitshauptamtes (dem unter anderem die Geheime Staatspolizei und die SS unterstanden). Bereits in diesem Verfahren kurz nach Kriegsende stand dem Gericht eine Fülle an Beweismitteln zur Verfügung. Der Gerichtshof hat:

- 403 öffentliche Sitzungen abgehalten;
- 113 Zeugen direkt bei Gericht vernommen;
- 101 weitere Zeugen durch beauftragte Richter vernommen;
- mehr als 300.000 per Eid bekräftigte schriftliche Zeugenaussagen entgegengenommen.

Das Sitzungsprotokoll von Nürnberg umfasst am Ende vier Millionen Wörter und 16.000 eng beschriebene Papierseiten. Die Gerichtsschreiber verschreiben während des Prozesses 22.000 Bleistifte und verbrauchen 20 Tonnen Papier. Die Tonbandaufnahmen des Verhandlungsverlaufs sind insgesamt 27 Kilometer lang.[101]

Wer soll in der Lage sein, eine derartige Fülle an Beweisen zu fälschen? Das ist unmöglich. Ebenso unmöglich ist übrigens, dass dieses immense Beweismaterial in sich völlig widerspruchsfrei ist. Zu groß ist die Zahl der Quellen, Dokumente, Fragmente, die Anzahl der Sprachen, in denen sie abgefasst sind, zu ungenau die Erinnerungen von Tätern und Opfern, die oft erst Jahrzehnte später hervorgeholt und dokumentiert wurden. Einzelne Widersprüche, Ungenauigkeiten oder – auch das wird es geben – Unwahrheiten in diesem Quellenmaterial beweisen gar nichts. Schon gar nicht, dass es den Holocaust nicht gegeben hat.

Wer soll im Jahr 1945 Interesse daran gehabt haben, unermesslich viel Energie und Aufwand in eine riesige Lügenkonstruktion zu stecken, bloß um »die Deutschen« zu diffamieren? Das Deutsche Reich hatte soeben einen Weltkrieg entfesselt und verloren, halb Europa ausgeplündert und zerstört, Zehntausende Menschen in Westeuropa und Millionen in Osteuropa ermordet, ohne sich um besondere Geheimhaltung zu bemühen. Schon diese bei Kriegsende bekannten Untaten Nazideutschlands genügten, um Deutschland und Österreich auf Jahrzehnte hinaus mit Schuld zu belasten. Einen Holocaust zu »erfinden« oder zu übertreiben war gar nicht notwendig.

Kriegstote in Europa

- Im Zweiten Weltkrieg starben insgesamt ungefähr 50 Millionen Menschen, davon unter anderem:
- 410.000 Griechen (6 Prozent der Vorkriegsbevölkerung);
- 1 Million Jugoslawen (6,3 Prozent der Vorkriegsbevölkerung);
- 8 bis 9 Prozent aller Letten, Esten und Litauer;
- 7 Millionen Deutsche und Österreicher (9,5 Prozent der Vorkriegsbevölkerung);
- 25 Millionen Bürger der Sowjetunion (12,1 Prozent der Vorkriegsbevölkerung), davon 7 bis 8 Millionen Ukrainer (etwa 20 Prozent der Vorkriegsbevölkerung);
- 6 Millionen Polen (17 Prozent der Vorkriegsbevölkerung).
- Die Opfer deutscher Massenverbrechen waren:
- etwa 6 Millionen Juden;
- mehr als 3 Millionen sowjetische Kriegsgefangene;
- mindestens 100.000, wahrscheinlich aber über 200.000 Roma und Sinti;
- über 250.000 Euthanasieopfer (insbesondere Menschen mit Behinderung oder einer psychischen Erkrankung);
- über 4 Millionen nichtjüdische Zivilisten (Zwangsarbeiter, Deportierte, nichtjüdische KZ-Häftlinge, Homosexuelle, Zeugen Jehovas).

Das an die israelische Holocaust-Gedenkstätte »Yad Vashem« angeschlossene Forschungsinstitut konnte bis 2010 über 4 Millionen jüdische Opfer namentlich erfassen.

22. Die Auschwitzlüge: Das wird man ja noch sagen dürfen!

Mit der Auschwitz- und anderen Nazilügen verhält es sich wie mit jeder Lüge, die nachvollziehbare Interessen anderer verletzt. Sie sind verboten und unter Strafe gestellt. Die Meinungsäußerungsfreiheit verletzt das nicht. Ein seriöser wissenschaftlicher Diskurs über den Holocaust ist ohnehin nicht verboten. Plumpes Hetzen mit falschen Informationen ist in einer Demokratie aber verzichtbar, ja sogar gefährlich.

Den Massenmord an den Juden habe es nicht gegeben und Gaskammern seien eine Fälschung, behaupten Holocaustleugner. Dass es den Holocaust gegeben hat, ist unwiderlegbar bewiesen. Lasst diese Spinner trotzdem in Ruhe, meinen manche, denn auch das sei Meinungsfreiheit. Die funktioniere eben nur, wenn sie für alle – auch falsche – Meinungen gilt. Stimmt das? Muss eine Demokratie wirklich alle Meinungen aushalten?

Am 27. Januar 1945 befreiten sowjetische Truppen das Konzentrationslager Auschwitz. In diesem von den Nationalsozialisten errichteten KZ fanden sie eine industrielle Vernichtungsanlage für Menschen vor, in der binnen weniger Jahre zwischen 1,1 und 1,5 Millionen Menschen ermordet wurden. Auschwitz wurde zu einem Symbol für das dunkelste Kapitel deutscher Geschichte.

Trotzdem gibt es bis heute Personen, die den Holocaust leugnen. So wie Auschwitz das bekannteste Symbol für den Holocaust ist, ist die »Auschwitzlüge« der prägende Begriff der Holocaustleugnung.

Gerichte in ganz Europa haben über Jahrzehnte hinweg unverändert ausgesprochen, dass Auschwitzlüge und Holocaustleugnung verboten sind. Wer am rechtsextremen Rand beeindrucken will, aber zu feige für das offene Äußern der Auschwitzlüge ist, greift deshalb zu einem anderen Mittel und verteidigt Holocaustleugner mit der Behauptung, dass die Meinungsäußerungsfreiheit jeder Meinung zugestanden werden müsse, gleich ob sie richtig oder falsch ist.

Schrankenlose Freiheit gibt es nicht – auch nicht für Meinungen

Diese Argumentation scheint auf den ersten Blick bestechend – sie ist aber dennoch falsch. Sie übersieht, dass von allen Grundrechten nur ein einziges ausnahmslos und uneingeschränkt gilt: das Folterverbot. Alle anderen Grundrechte gelten nur innerhalb bestimmter Schranken. Das gilt nicht nur für die Meinungsäußerungsfreiheit, sondern sogar für das Recht auf Leben. Die Europäische Menschenrechtskonvention (EMRK) erlaubt ihren Mitgliedsstaaten ausdrücklich, bestimmte Tötungshandlungen zu gestatten, etwa bei Notwehr. Der Staat muss ein bestimmtes Grundrecht also zunächst gewähren, darf es allerdings in einem genau umrissenen Rahmen wieder einschränken.

Für die Meinungsäußerungsfreiheit bedeutet dies, dass der Staat seinen Bürgern grundsätzlich die freie Äußerung ihrer Meinungen gestatten muss. Das ordnet der erste Absatz des Artikels 10 der Europäischen Menschenrechtskonvention an. Aber schon der zweite Absatz dieses Artikels mahnt die Bürger, dass »die Ausübung dieser Freiheiten mit Pflichten und Verantwortung verbunden« ist. Sie kann daher Schranken unterworfen werden, die »in einer demokratischen Gesellschaft notwendig« sind.

Artikel 10 EMRK
Freiheit der Meinungsäußerung

(1) Jedermann hat Anspruch auf freie Meinungsäußerung. Dieses Recht schließt die Freiheit der Meinung und die Freiheit zum Empfang und zur Mitteilung von Nachrichten oder Ideen ohne Eingriffe öffentlicher Behörden und ohne Rücksicht auf Landesgrenzen ein. Dieser Artikel schließt nicht aus, dass die Staaten Rundfunk-, Lichtspiel- oder Fernsehunternehmen einem Genehmigungsverfahren unterwerfen.

(2) Da die Ausübung dieser Freiheiten Pflichten und Verantwortung mit sich bringt, kann sie bestimmten, vom Gesetz vorgesehenen Formvorschriften, Bedingungen, Einschränkungen oder Strafandrohungen unterworfen werden, wie sie vom Gesetz vorgeschrieben und in einer demokratischen Gesellschaft im Interesse der nationalen Sicherheit, der territorialen Unversehrtheit oder der öffentlichen Sicherheit, der Aufrechterhaltung der Ordnung und der Verbrechensverhütung, des Schutzes der Gesundheit und der Moral, des Schutzes des guten Rufes oder der Rechte anderer unentbehrlich sind, um die Verbreitung von vertraulichen Nachrichten zu verhindern oder das Ansehen und die Unparteilichkeit der Rechtsprechung zu gewährleisten.

Jeder Mensch hat also das Recht auf freie Meinungsäußerung. Wer mit dieser Freiheit nicht verantwortungsvoll umgeht, wird aber in seine Schranken verwiesen. Das trifft keineswegs nur Holocaustleugner. Wer das nicht glaubt, kann jederzeit einen Selbstversuch unternehmen und wahlweise bei der nächsten Polizeistelle die »Meinung« äußern, der Nachbar sei ein lange gesuchter Serienmörder.

Denn selbst wenn man von seiner »Meinung« noch so überzeugt ist: Manche Meinungen darf im Einklang mit der Europäischen Menschenrechtskonvention nur äußern, wer sie auch beweisen kann. Denn das Strafrecht sieht – ebenfalls im Einklang mit der Menschenrechtskonvention – auch einen jedermann zustehenden »Beleidigungsschutz« vor. Niemand muss sich sozial verpöntes, möglicherweise sogar strafbares Verhalten vorwerfen oder sich plump beleidigen lassen.

Jedenfalls gilt das für inhaltlich falsche Informationen. Diese können kein von der Meinungsäußerungsfreiheit geschütztes Gut sein, weil sie nicht der Meinungsbildung dienen. Die offensichtlich falsche Auschwitzlüge kann deshalb ebenso wenig auf den Schutz durch die Meinungsäußerungsfreiheit hoffen wie die Unterstellung, dass der Nachbar ein Serienkiller sei. Im Zusammenhang mit der Auschwitzlüge hat der Europäische Gerichtshof für Menschenrechte sogar ausdrücklich ausgesprochen, dass sich hier die Frage nach einer Verletzung der Meinungsäußerungsfreiheit erst gar nicht stellt. Es besteht nämlich »kein Zweifel, dass die Rechtfertigung der Pro-Nazi-Politik sowie irgendwelche anderen Äußerungen, die sich gegen die der [Europäischen Menschenrechts-]Konvention zugrunde liegenden Werte richten«, nicht durch die Meinungsäußerungsfreiheit geschützt sind.[102]

Das Verbot der Auschwitzlüge ist also keine Verletzung der Meinungsäußerungsfreiheit. Sie ist auch keine Schikane ideologisch gesteuerter Gesinnungsjustiz, sondern schlichtweg eine notwendige Voraussetzung für das Funktionieren eines Grundrechts, dessen verantwortungslose Ausübung für eine demokratische Gesellschaft gefährlicher wäre als seine punktuellen Beschränkungen. Wer das bezweifelt, braucht sich bloß vorzustellen, Opfer eines groß angelegten Internet-Bashings im Freundeskreis oder an der Schule zu sein.

Das ist die schrankenlose Ausübung der Meinungsäußerungsfreiheit in Reinform.

Was muss die Demokratie aushalten?

Hartnäckige Verteidiger der Auschwitzlüge kontern gerne mit einem dem französischen Philosophen Voltaire zugeschriebenen Ausspruch: »Ich verachte Ihre Meinung, aber ich gäbe mein Leben dafür, dass Sie sie sagen dürfen.«

Eine echte Demokratie müsse eben auch die Auschwitzlüge aushalten. Muss sie das wirklich?

Gegenfrage: Was soll eine Demokratie daraus gewinnen, wenn NS-Opfer und deren Nachkommen straffrei verhöhnt werden dürfen? Der gesellschaftliche Nutzen der Möglichkeit, den Holocaust zu leugnen, ist denkbar gering. Und der wissenschaftliche Diskurs über den Holocaust ist vom Verbot der Auschwitzlüge ohnehin nicht umfasst. Seriöse Diskussionen über den Holocaust sind natürlich erlaubt, selbst wenn sie den historischen Wahrheitsgehalt einzelner Aspekte des Holocaust (seriös) hinterfragen. Nur das plumpe Leugnen des von den Nazis verübten Massenmordes an den Juden ist verboten.

Unrichtige Informationen sind nun einmal kein »schützenswertes Gut«. Das hat der oberste Grundrechtswächter Europas, der Europäische Gerichtshof für Menschenrechte, unmissverständlich klargestellt. Das gilt nicht bloß für unrichtige Informationen über den Holocaust, sondern auch zu anderen Themen. Denn unrichtige Informationen sind gefährlich. Sie können verletzen, aufhetzen, manipulieren, Rachegefühle auslösen oder sogar die gesellschaftliche Ordnung bedrohen. Gleichzeitig ist ihre Verbreitung heute dank Internet einfacher denn je.

Deshalb gewährt heute kein Staat der Welt schrankenlose Meinungsäußerungsfreiheit. Selbst die diesbezüglich sehr freizügigen USA verbieten manche Arten von Meinungsäußerung, z.B. Beleidigungen oder unvorteilhafte falsche Behauptungen über andere.

Zu Zeiten Voltaires mag dessen Ausspruch über die Freiheit der Meinungsäußerung in ihrer Radikalität noch richtig gewesen sein. Damals ging es vorrangig darum, die gerade erst erkämpfte Meinungsäußerungsfreiheit gegen mächtige Staatsapparate zu schützen.

Heute stehen jedem Einzelnen ungleich mehr Mittel zur Äußerung und Verbreitung von Meinungen zur Verfügung. Über das Internet können Lügen und Beleidigungen jederzeit und weltweit verbreitet werden. Deshalb ist inzwischen der Schutz des Einzelnen vor falschen, boshaften oder bloß beleidigenden Meinungen zumindest im Alltag Europas oft dringlicher als der Schutz einzelner Meinungsäußerer vor staatlich gelenkten Repressalien. Der Ausspruch Voltaires kann daher auch nicht mehr als Argument für die zwingende Zulässigkeit von Auschwitzlüge und Holocaustleugnung dienen. Die Zeiten ändern sich eben.

Glossar

Akademikerquote sagt aus, wie hoch der Anteil der Hochschulabsolventen an der Gesamtbevölkerung ist.

Arbeitslosenquote sagt aus, wie hoch der Anteil der Arbeitslosen an der erwerbsfähigen Bevölkerung ist. In die Arbeitslosenquote fallen aber nur arbeitslos gemeldete Personen.

Arbeitsmigranten sind -> Migranten, die ihr Land nicht wegen Verfolgung, Krieg oder sonstiger Bedrohung verlassen, sondern gezielt zur Arbeitssuche in ihr Einwanderungsland immigrieren.

Arier oder **arisch** waren nach der pseudowissenschaftlichen Rassentheorie der Nationalsozialisten Menschen, die bestimmte – wissenschaftlich nicht belegbare – Merkmale erfüllten (insbesondere jenes einer norddeutschen oder skandinavischen Abstammung). Dem gegenüber standen »Untermenschen«, die es zu unterwerfen und vernichten galt. Diese Unterteilung in Arier und Nichtarier schuf die Grundlage für die Massenverbrechen der Nationalsozialisten, zum Beispiel den -> Holocaust.

Asylwerber sind -> Migranten, die ihr Land wegen Verfolgung, Krieg oder sonstiger Bedrohung verlassen und bei uns Schutz (Asyl) suchen.

Ausländer bezeichnet eine Person, die eine andere Staatsbürgerschaft besitzt als jene des Landes, in dem sie sich gerade aufhält oder lebt.

Babyboom ist ein Synonym für eine rasant steigende Geburtenrate, etwa nach Kriegen.

Diskriminierung ist die Ungleichbehandlung (Benachteiligung) eines Menschen oder einer Gruppe aus unsachlichen (ungerechten) Gründen, für die die Betroffenen meist nichts können. Häufige Diskriminierungsgründe sind Hautfarbe, Herkunft, Religion, politische Überzeugung, Geschlecht oder sexuelle Orientierung einer Person.

Diversion ist eine Maßnahme im österreichischen Strafrecht. Das Strafgericht kann einem Verdächtigen bei wenig schweren Delikten anstatt einer Verurteilung die »diversionelle Erledigung« anbieten. Der Verdächtige muss dann zum Beispiel gemeinnützige Arbeit leisten oder einen Geldbetrag an den Staat zahlen, wird aber nicht verurteilt (und gilt dementsprechend weiter als unbescholten).

Emigration ist die Auswanderung von Menschen mit dem Ziel, sich woanders dauerhaft niederzulassen. Emigration bezeichnet den Vorgang der -> Migration aus der Sicht des Auswanderungslandes. Siehe auch -> Immigration.

Erste Generation bezeichnet Menschen mit Migrationshintergrund, die nicht in Deutschland oder Österreich geboren wurden, die also erst nach ihrer Geburt eingewandert sind.

Europäische Menschenrechtskonvention oder **EMRK** ist ein Vertrag zwischen insgesamt 47 europäischen Staaten, mit dem sich diese verpflichten, allen Menschen grundlegende Rechte (-> Grundrechte oder Menschenrechte) zu gewähren. Deutschland, Österreich und die Schweiz sind Mitglieder der EMRK. Der Europäische Gerichtshof für Menschenrechte (EGMR) wacht über die Einhaltung der zugesicherten Grundrechte.

Fertilitätsrate ist die Zahl der lebend geborenen Kinder, die jede Frau eines Landes statistisch gesehen bekommt.

Flüchtling nennt man eine Person, der vom Staat, in den er oder sie geflüchtet ist, offiziell Schutz zugesichert wird, da sie nach der -> Genfer Flüchtlingskonvention in ihrem Heimatland verfolgt wird. In westlichen Staaten wird der Status des -> Konventionsflüchtlings nach einem behördlichen Verfahren zuerkannt. Viele Entwicklungsländer, in denen besonders viele Flüchtlinge leben, kennen derartige Verfahren hingegen nicht.

Gaskammern waren Einrichtungen in sechs Tötungsanstalten und mehreren -> Konzentrationslagern (Vernichtungslagern), in denen während der Zeit des Nationalsozialismus Menschen durch Kohlenstoffmonoxid oder Blausäure (Cyanwasserstoff) ermordet wurden.

Gastarbeiter wurden -> Migranten genannt, die ab den 1960er-Jahren gezielt nach Deutschland und Österreich geholt wurden, da den Unternehmen in Zeiten des -> Wirtschaftswunders die Arbeitskräfte ausgingen.

Gestapo war die »Geheime Staatspolizei« des nationalsozialistischen deutschen Reichs. Sie war für die Verbrechensbekämpfung zuständig. Vor allem aber war sie auch die politische Polizei der Nazis, also deren Werkzeug zur Verfolgung politisch Andersdenkender. Die Gestapo ging ausgesprochen brutal und gesetzlos vor. Sie folterte ihre Gefangenen regelmäßig und ermordete sie manchmal sogar. Nach Kriegsende wurde sie zu einer verbrecherischen Organisation erklärt.

Ghetto ist ein abgesondertes Wohnviertel. In Europa wohnten insbesondere jüdische Menschen ab dem Spätmittelalter in Ghettos (auch Judenviertel oder Judengassen genannt). Während des Zweiten Weltkriegs

(1939 bis 1945) pferchten die Nationalsozialisten Hunderttausende Juden aus allen Teilen Europas unter erbärmlichen Lebensverhältnissen in viel zu kleinen Ghettos in Polen und der Tschechoslowakei zusammen (zum Beispiel in Warschau). Diese Ghettos dienten meist nur als einstweilige Übergangsstation für den Weitertransport in weiter östlich gelegene Vernichtungslager.

Grundrecht ist ein verfassungsrechtlich gewährleistetes Recht, also ein Recht, das nicht bloß in »normalen« (einfachen) Gesetzen, sondern in der Verfassung eines Staates festgeschrieben ist. Grundrechte werden umgangssprachlich auch als »Menschenrechte« bezeichnet.

Holocaust ist der Völkermord an 5,6 bis 6,3 Millionen Menschen, die das Deutsche Reich in der Zeit des Nationalsozialismus als Juden definierte.

Immigration ist der Zuzug von Menschen aus dem Ausland mit dem Ziel, sich im Inland niederzulassen. Immigration ist -> Migration aus der Sicht des Einwanderungslandes. Siehe auch -> Emigration.

Integration ist die Einbeziehung von Menschen in Lebens- und Arbeitsgemeinschaften (zum Beispiel in eine Schulklasse oder eine Gemeinde), die zuvor aus unterschiedlichen Gründen von diesen Gemeinschaften ausgeschlossen waren. Ausländerintegration meint die Einbeziehung von -> Migranten in das inländische Lebensumfeld.

Kollaboration bedeutet Zusammenarbeit. Gemeint ist im politischen und historischen Zusammenhang die (unerwünschte) Zusammenarbeit mit dem Feind. Personen, die mit dem Feind kollaborieren, nennt man Kollaborateure.

Kommission oder **Europäische Kommission** ist ein Organ der EU. Sie nimmt in der EU vor allem Aufgaben der Exekutive (Verwaltung) wahr und entspricht damit am ehesten den Regierungen der Mitgliedsstaaten.

Konzentrationslager oder **KZ** bezeichnet im deutschen Sprachraum die Arbeits- und Vernichtungslager des nationalsozialistischen Regimes, in denen mehrere Millionen Menschen zu Zwangsarbeit gezwungen, misshandelt, gefoltert und ermordet wurden.

Legitimation oder **Legitimationskette** ist die Rechtfertigung, weshalb jemand Macht über andere ausübt. In einer Demokratie liegt diese Rechtfertigung darin, dass der Machtausübende entweder vom »Volk« gewählt wird oder seine Macht von jemandem erhalten hat, der seinerseits vom »Volk« gewählt wurde (Legitimationskette).

Lobbyismus ist die Interessenvertretung einer bestimmten Gruppe in Politik und Gesellschaft. Der Lobbyist versucht die Meinung der Bevölkerung oder von politischen Entscheidungsträgern in eine für seinen Auftraggeber vorteilhafte Richtung zu beeinflussen, um so für seinen Auftraggeber günstige Gesetze herbeizuführen. Oft passiert Lobbyismus im Verborgenen und führt so zu undurchsichtigen Entscheidungsvorgängen in der Politik.

Migration bezeichnet den Vorgang, bei dem Menschen ihre bisherigen Wohnorte verlassen, um sich an anderen Orten dauerhaft oder zumindest für längere Zeit niederzulassen. Diese Menschen nennt man **Migranten**. Siehe auch -> Emigration und -> Immigration.

Migrationsrate oder **Netto-Zuwanderung** bezeichnet die Differenz zwischen Einwanderung und Auswanderung in einem Land.

Notwehr bezeichnet das Recht, sich gegen unberechtigte Angriffe anderer zu wehren (allenfalls auch mit Gewalt). Wer einen unrechtmäßigen Angreifer abwehrt und diesen dabei zum Beispiel am Körper verletzt, handelt rechtmäßig und wird nicht bestraft (obwohl Körperverletzung an sich – ohne Notwehr – eine strafbare Handlung ist).

Patriarch ist der »Erste unter den Vätern« (griechisch). Mit diesem Begriff bezeichnet man heute Männer, die in Gesellschaft und Familie eine Vorherrschaft der Väter und Männer verfechten und den Frauen lediglich eine niedrigere, dienende oder »häusliche« Rolle zubilligen. In manchen (vor allem orthodoxen) Kirchen bezeichnet der Begriff des Patriarchen auch das Kirchenoberhaupt.

Rat oder **Europäischer Rat** ist ein Organ der EU. Seine Mitglieder sind die Minister der einzelnen Mitgliedsstaaten.

Richtlinie ist ein Rechtsakt (eine Vorschrift) der EU ohne unmittelbare Wirksamkeit (vergleiche umgekehrt die -> Verordnung). Das bedeutet, Richtlinien müssen zunächst von den Mitgliedsstaaten in deren innerstaatliches Recht umgewandelt werden, bevor sie für die -> Unionsbürger gelten. Sie geben den Mitgliedsstaaten bloß Rahmenbedingungen für die Umsetzung vor. Über die Details der Umsetzung entscheidet der einzelne Mitgliedsstaat.

Sozialprofil ist eine Sammlung jener möglichst messbaren Merkmale, die das Lebensumfeld einer bestimmten Person oder Personengruppe beschreiben (zum Beispiel Einkommen, Alter, Geschlecht, Bildungsgrad, Wohngegend, Staatsbürgerschaft, ethnische Herkunft, sozialer Status der Eltern, Hautfarbe, Religionszugehörigkeit).

Sozialwesen bezeichnet die Grundaufgabe eines Staates. Zum Sozialwesen zählen etwa die Bereitstellung von Sozialhilfe, Altenpflege, Jugendhilfe, Arbeitslosenunterstützung und die Unterstützung von Menschen mit Behinderungen.

Stereotyp ist die vereinfachende, gleichmachende und bildhafte Beschreibung einer ganzen Gruppe mit einem als typisch für diese Gruppe behaupteten Sachverhalt (zum Beispiel »die Deutschen sind fleißig«).

Unionsbürger ist jeder Staatsbürger eines Mitgliedsstaats der Europäischen Union.

Verordnung ist ein Rechtsakt (eine Vorschrift) der EU mit allgemeiner Gültigkeit und unmittelbarer Wirksamkeit. Das bedeutet, dass sich alle Mitgliedsstaaten und alle -> Unionsbürger an in Verordnungen enthaltene Vorschriften halten müssen, ohne dass die Mitgliedsstaaten die Verordnung zuerst in innerstaatliches Recht umwandeln.

Wirtschaftswunder ist die Bezeichnung für das unerwartet schnelle wirtschaftliche Wachstum und die starke Zunahme des Wohlstands in Österreich und Deutschland ab 1950. Wird auch als »Nachkriegsboom« bezeichnet.

Zweite Generation bezeichnet die in Deutschland oder Österreich geborenen Nachkommen von Eltern mit ausländischem Geburtsort.

Anmerkungen und Literatur

1. Was ist ein Vorurteil?

Anmerkungen

1 Werner Bergmann: Was sind Vorurteile? In: Informationen zur politischen Bildung: Vorurteile (Heft 271) 4

2 Ebd.

3 Erdal Kayhan: Eine Studie über die Wahrnehmung von Ausländern und Ausländerkriminalität in Österreich. Diplomarbeit, Universität Wien, 2002

4 Die Nürnberger Rassengesetze enthielten zahlreiche schwerwiegende und gegen Juden gerichtete Diskriminierungen. Sie sprachen Juden die deutsche Staatszugehörigkeit ab, schlossen sie von öffentlichen Ämtern aus und verboten ihnen unter anderem die Eheschließung mit Nichtjuden.

5 Kenneth Clark, Mamie Clark: Racial identification and preference in Negro children. In: Newcombe/Hartley (Hg.): Readings in social psychology (1947), S. 169 ff.

6 Marianne Bertrand, Sendhil Mullainathan: Are Emily and Greg More Employable Than Lakisha and Jamal? A field Experiment on Labor Market Discrimination. American Economic Review, Vol. 94, Nr. 4 (2004), S. 991 ff.

7 Markus Appel: Anti-immigrant propaganda by radical right parties and the intellectual performance of adolescents. In: Political Psychology 33/2012, S. 483 ff; Zusammenfassung: Ausländerfeindlichkeit verringert die Denkleistung. In: Der Standard, 3.9.2013, www.derstandard.at/1376535472021/Auslaenderfeindlichkeit-verringert-die-Denkleistung

8 Mathematik: Mädchen können's genauso gut, Schulspiegel, 6.1.2010, www.spiegel.de/schulspiegel/wissen/mathematik-maedchen-koennen-s-genauso-gut-a-670460.html

2. Ausländer kosten uns mehr, als sie bringen

Anmerkungen

9 Holger Bonin: Der Beitrag von Ausländern und künftiger Zuwanderung zum deutschen Staatshaushalt, Mannheim 2014, S. 1

10 Weitere Studien zu Deutschland: Holger Bonin: Der Finanzierungsbeitrag der Ausländer zu den deutschen Staatsfinanzen: Eine Bilanz für 2004. IZA Diskussionspapier Nr. 2444, Bonn 2006; Gert Wagner, Joachim Frick und Jürgen Schupp: The German Socio-Economic Panel Study (SOEP) – Scope, Evolution and Enhancement. Schmollers Jahrbuch,

127. Jg., Berlin 2007; zu Österreich: Gudrun Biffl: Die Zuwanderung von Ausländern nach Österreich. Kosten-Nutzen-Überlegungen und Fragen des Sozialtransfers. In: Wifo-Monatsberichte 9/1997, Wien 1997; Gudrun Biffl, Julia Bock-Schappelwein: »Kosten und Nutzen« der sozialen Sicherheit von Ausländern. In: Gudrun Biffl et al.: Arbeitsmarktrelevante Effekte der Ausländerintegration in Österreich, Wien 2002

Verwendete Literatur

Holger Bonin: Der Beitrag von Ausländern und künftiger Zuwanderung zum deutschen Staatshaushalt, Mannheim 2014, http://www.bertelsmann-stiftung.de/fileadmin/files/Projekte/28_Einwanderung_und_Vielfalt/Bonin_Beitrag_Zuwanderung_zum_dt_Staatshaushalt_141204_nm.pdf, abgerufen am 14.1.2015

Karl Ettinger: Jede vierte Sozialhilfe geht an Ausländer. In: Die Presse, 25.6.2014, http://diepresse.com/home/politik/innenpolitik/3827481/Jede-vierte-Sozialhilfe-geht-an-Auslaender, abgerufen am 1.4.2015

Peter Huber, Doris A. Oberdabernig: Decomposing Welfare Wedges. An Analysis of Welfare Dependence of Immigrants and Natives in Europe. WIFO Working Papers, No. 459, Wien 2014

N.N.: Sozialbezüge: Nicht-EU-Ausländer beziehen fünf Milliarden Euro Hartz IV. In: www.spiegel.de/politik/deutschland/hartz-iv-fuenf-milliarden-euro-gehen-an-nicht-eu-auslaender-a-970905.html

Pro Asyl: Basiswissen Rechte der Flüchtlinge, www.proasyl.de/de/themen/basics/basiswissen/rechte-der-fluechtlinge/, abgerufen am 14.1.2015

Hans-Werner Sinn: Ökonomische Effekte der Migration. In. Frankfurter Allgemeine Zeitung, 29.12.2014, S. 18

Christa Zöchling: Asylwerber dürfen nicht arbeiten – außer als Prostituierte und Erntehelfer. In: profil, 20.7.2012, www.profil.at/articles/1229/560/335349/asyl-asylwerber-prostituierte-erntehelfer, abgerufen am 14.1.2015

3. Ausländer nehmen uns die Arbeitsplätze weg

Anmerkungen

11 Berechnung der Arbeitslosenquote nach der internationalen Methode, die auch Eurostat und die Statistik Austria verwenden. Nach der vom Arbeitsmarktservice verwendeten nationalen Methode lag die Arbeitslosigkeit in Österreich Ende 2014 bei 8,7 Prozent.

12 Siehe Daniel Bax: »Das Foto nimmt einen doch sehr gefangen«. In: taz, 17.12.2014, S. 7

Verwendete Literatur

Petra Aigner: »Ethnische Unternehmen« & »Ethnic Entrepreneurs« in Österreich. Linz 2012, http://migrationstudies.at/Ethnische_Unternehmen_Austria.pdf, abgerufen am 15.1.2015

Arbeitsmarktservice Österreich: Offene Stellen nach Berufen und Bundesländern 12/2014

Gudrun Biffl: WIFO-Weißbuch. Mehr Beschäftigung durch Wachstum auf Basis von Innovationen und Qualifikation. Teilstudie 6: Bevölkerungsentwicklung und Migration, Wien 2006

Bundesagentur für Arbeit: Auswirkungen der Arbeitnehmerfreizügigkeit und der EU-Schuldenkrise auf den deutschen Arbeitsmarkt. Nürnberg 2014, http://statistik.arbeitsagentur.de/Statischer-Content/Statistische-Analysen/Auswirkungen-der-Arbeitnehmerfreizuegigkeit-und-der-Schuldenkrise-auf-den-Arbeitsmarkt.pdf, abgerufen am 15.1.2015

Bundesamt für Statistik: Erwerbstätigkeit in Deutschland – Ergebnisse des Zensus 2011, https://www.destatis.de/DE/Publikationen/WirtschaftStatistik/Zensus/Erwerbstaetigkeit2011_92014.pdf?__blob=publicationFile, abgerufen am 15.1.2015

Bundesamt für Statistik: Offene Stellen, https://www.destatis.de/DE/ZahlenFakten/GesamtwirtschaftUmwelt/Arbeitsmarkt/Methoden/Begriffe/OffeneStellen.html, abgerufen am 15.1.2015

August Gächter: Der Integrationserfolg des Arbeitsmarktes. In: Herbert Langthaler (Hg.): Integration in Österreich, Innsbruck 2010, S. 154 ff.

Hauptverband der Sozialversicherungsträger: Beschäftigung von ausländischen Arbeitskräften 12/2014

Jeannine Hierländer und Wolfgang Böhm: Wer Sozialhilfe will, muss arbeiten. In: Die Presse, 3.1.2014, http://diepresse.com/home/politik/eu/1512821/Wer-Sozialhilfe-will-muss-arbeiten, abgerufen am 15.1.2015

Institut für Arbeitsmarkt- und Berufsforschung: IAB-Stellenerhebung: Gut eine Million offene Stellen im Zweiten Quartal 2014, http://www.iab.de/de/informationsservice/presse/presseinformationen/os1402.aspx, abgerufen am 15.1.2015

Carmen Juravle, Tina Weber, Emanuela Canetta, Elena Fries Tersch, Martina Kadunc: Fact finding analysis on the impact on Member States' social security systems of the entitlements of non-active intra-EU migrants to special non-contributory cash benefits and healthcare granted on the basis of residence, http://www.iab.de/764/section.aspx/Publikation/k140123r04, abgerufen am 15.1.2015

N.N.: Bildungsgrad der Migranten steigt. In: Die Presse, 14.11.2014, S. 8

N.N.: Bundesamt meldet Rekorde auf dem Arbeitsmarkt. In: Frankfurter Allgemeine Zeitung, 6.1.2015, S. 1

N.N.: Eine Million Einwanderer haben Italien wegen Krise verlassen. APA-Meldung, 27.8.2012

N.N.: Welche Ausländer haben Anspruch auf Hartz IV? In: Die Welt, 10.1.2014, http://www.welt.de/politik/deutschland/article123751437/Welche-Auslaender-haben-Anspruch-auf-Hartz-IV.html, abgerufen am 15.1.2014

OECD: Internationaler Migrationsausblick: SOPEMI 2011

Österreichischer Integrationsfonds: migration&integration. Schwerpunkt Arbeit und Beruf. Wien 2014

Petra Pinzler: Arme, junge, kluge Einwanderer. In: Die Zeit, 2.5.2013, S. 24

Roland Preuss/Ines Alwardt: Deutschlands ungenutzte Kraft. In: Süddeutsche Zeitung, 2.12.2014, S. 5

Statistik Austria: Bevölkerungsstand und Bevölkerungsveränderung, http://www.statistik.at/web_de/statistiken/bevoelkerung/bevoelkerungsstand_und_veraenderung/index.html, abgerufen am 15.1.2015

Thomas Vitzthum: Junge Leute geringer gebildet als ihre Eltern. In: Die Welt, 10.9.2014, S. 5

Flora Wisdorff: Jobwunder mit Verlierern. In: Welt am Sonntag, 26.10.2014, S. 37, http://doku.iab.de/arbeitsmarktdaten/qualo_2012.pdf, abgerufen am 15.1.2015

4. Ausländische Sozialtouristen nutzen unseren Staat aus

Verwendete Literatur

Europäische Kommission: Fragen und Antworten zur Arbeitnehmerfreizügigkeit ab 1. Jänner 2014, http://ec.europa.eu/deutschland/press/pr_releases/11943_de.htm, abgerufen am 15.1.2015

Nadja Hahn: Studie: Sozialbetrug ist kein Ausländerproblem. In: Ö1-Morgenjournal, 18.2.3103, http://oe1.orf.at/artikel/334336, abgerufen am 15.1.2015

Dominique John: Schmarotzen auf Deutsch. In: taz, 31.5.2014, S. 19

Mediendienst Integration: Mythos Armutszuwanderung. Wie Deutschland von der EU-Freizügigkeit profitiert, o.O., 5.12.2013, http://mediendienst-integration.de/artikel/mythos-armutswanderung-wie-deutschland-von-der-freizuegigkeit-profitiert.html, abgerufen am 15.1.2014

N.N.: Hartz-IV-Bezieher aus Rumänien und Bulgarien oft »Aufstocker«. In: Kölner Stadt-Anzeiger, 16.1.2014, www.ksta.de/politik/hartz-iv-bezieher-aus-rumaenien-und-bulgarien-oft--aufstocker-,15187246,25901398.html, abgerufen am 15.1.2015

N.N.: Sozialmissbrauch – Mikl-Leitner: 101 Ausweisungen 2013. APA-Meldung, 27.3.2014

N.N.: »Sozialtourismus« ist das »Unwort des Jahres« 2013. In: Die Welt, 14.1.2014, www.welt.de/kultur/article123844456/Sozialtourismus-ist-das-Unwort-des-Jahres-2013.html, abgerufen am 15.1.2015

Österreichischer Nationalrat: Schriftliche Anfrage der Abgeordneten Dr. Walter Rosenkranz, Kolleginnen und Kollegen an den Bundesminister für Wirtschaft, Familie und Jugend betreffend eklatanten Fall von »Sozialtourismus« in Krems – Rumänin beantragt für 13 Kinder Familienbeihilfe, http://www.parlament.gv.at/PAKT/VHG/XXV/J/J_00651/index.shtml, abgerufen am 15.1.2015

Österreichischer Nationalrat: Anfragebeantwortung durch die Bundesministerin für Familien und Jugend MMag. Dr. Sophie Karmasin zu der schriftlichen Anfrage (651/J) der Abgeordneten Dr. Walter Rosenkranz, Kolleginnen und Kollegen an den Bundesminister für Wirtschaft, Familie und Jugend betreffend eklatanter Fall von Sozialtourismus in Krems – Rumänin beantragt für 13 Kinder Familienbeihilfe, http://www.parlament.gv.at/PAKT/VHG/XXV/AB/AB_00538/index.shtml, abgerufen am 15.1.2015

Friedrich Schneider: Schattenwirtschaft, Sozialbetrug und Korruption in Österreich: Wer gewinnt? Wer verliert?, Linz 2012, www.econ.jku.at/members/Schneider/files/publications/2012/KorrPfuschSozialbetrug.pdf, abgerufen am 15.1.2015

Statistik Austria: Finanzierung der Sozialausgaben nach Sozialschutzsystemen 2013, www.statistik.at/web_de/statistiken/soziales/sozialschutz_nach_eu_konzept/finanzierung_der_sozialausgaben/020179.html, abgerufen am 15.1.2015

5. Ausländer kriegen viel mehr Kinder als wir

Anmerkungen

13 Für das Jahr 2014 hatte die Gesellschaft für deutsche Sprache bis zur Drucklegung dieses Buches noch keine endgültige Statistik veröffentlicht, aber anhand von Stichproben aus Standesämtern verkündet, dass die beliebtesten Vornamen in Deutschland 2014 wohl wieder Sophie und Marie sowie Maximilian, Alexander und Paul lauten werden. Eine andere Zählung, die nur die Erstnamen auswertet, kommt hingegen für 2014 zu dem Ergebnis, dass Emma und Ben die beliebtesten Vornamen in Deutschland sind, gefolgt von Mia und Luis. Siehe http://www.beliebte-vornamen.de/jahrgang/j2014, abgerufen am 8.3.2015

Verwendete Literatur

Felix Berth: Die Kopftuch-Legende. Süddeutsche Zeitung, 30.12.2010, http://www.sueddeutsche.de/politik/geburtenrate-unter-migranten-die-kopftuch-legende-1.1041228, abgerufen am 8.3.2015

Bundesministerium für Frauen: Frauenbericht 2010. Bericht betreffend die Situation von Frauen in Österreich im Zeitraum von 1998 bis 2008, Kapitel 6: Frauen im ländlichen Raum, Wien 2010

Joshua R. Goldstein, Michaela Kreyenfeld et al.: Fertility reactions to the »Great Recession« in Europe: Recent evidence from order-specific data. In: Demographic Research, Vol. 29, 10.7.2013, S. 85–104, http://www.demographic-research.org/volumes/vol29/4/29-4.pdf, abgerufen am 8.3.2015

Matthias Kamann: Migranten passen sich deutscher Geburtenrate an. In: Die Welt, 10.8.2010, http://www.welt.de/politik/deutschland/article8931910/Migrantinnen-passen-sich-deutscher-Geburtenrate-an.html, abgerufen am 8.3.2015

Mediendienst Integration: Bevölkerung, http://mediendienst-integration.de/migration/bevoelkerung.html, abgerufen am 8.3.2015

Nadja Milewski: First child of immigrant workers and their descendants in West Germany: Interrelation of events, disruption, or adaptation? In: Demographic Research, Vol. 17, 20.12.2007, S. 859–896, http://www.demographic-research.org/volumes/vol17/29/17-29.pdf, abgerufen am 8.3.2015

N.N.: Beliebteste Vornamen 2013: Im Land der Sophies und Maximilians. In: Spiegel online, 8.5.2014, http://www.spiegel.de/panorama/gesellschaft/beliebteste-vornamen-2013-sophie-sofie-und-maximilian-ganz-vorn-a-968192.html, abgerufen am 8.3.2015

N.N.: Deutschland wächst dank Migranten. In: Frankfurter Rundschau, 8.1.2014, http://www.fr-online.de/flucht-und-zuwanderung/einwohner-zahl-steigt-deutschland-waechst-dank-migranten,24931854,25823392.html, abgerufen am 8.3.2015

N.N.: In Deutschland bekommen türkische Zuwanderer seltener Kinder. In: Demographische Forschung 9/2012, Nr. 1, S. 4, http://www.demografische-forschung.org/archiv/defo1201.pdf, abgerufen am 8.3.2015

N.N.: Migranten bekommen nicht mehr Kinder als Deutsche. In: Die Welt, 10.8.2010, http://m.welt.de/politik/deutschland/article8924001/Migranten-bekommen-nicht-mehr-Kinder-als-Deutsche.html, abgerufen am 8.3.2015

N.N.: Wirtschaftskrise lässt Geburtenrate sinken. In: Zeit online, 10.7.2013, http://www.zeit.de/gesellschaft/familie/2013-07/geburtenrate-arbeitslosigkeit-europa-studie, abgerufen am 8.3.2015

Stadt Wien: Die häufigsten Vornamen 2013 in Wien, https://www.wien.gv.at/verwaltung/personenwesen/namen/vornamen/zahl-2013.html, abgerufen am 8.3.2015

Standesamt Neukölln, Vornamensstatistik 2013, http://www.berlin.de/daten/liste-der-vornamen/Neukoelln.pdf, abgerufen am 8.3.2015

Statistisches Bundesamt: Geburten 2013, https://www.destatis.de/DE/ZahlenFakten/GesellschaftStaat/Bevoelkerung/Geburten/Geburten.html, abgerufen am 8.3.2015

Statistisches Bundesamt: Geburten in Deutschland, Ausgabe 2012, https://www.destatis.de/DE/Publikationen/Thematisch/Bevoelkerung/Bevoelkerungsbewegung/BroschuereGeburtenDeutschland0120007129004.pdf?__blob=publicationFile, abgerufen am 8.3.2015

Sabine Sütterlin: Deutschland – eines der kinderärmsten Länder. In: Online-Handbuch Demografie des Berlin-Instituts für Bevölkerung und Entwicklung, http://www.berlin-institut.org/online-handbuchdemografie/bevoelkerungsdynamik/regionale-dynamik/deutschland.html, abgerufen am 8.3.2015

Wirtschaftskammer Österreich: Geburten- und Sterberaten, Stand 2013, http://wko.at/statistik/eu/europa-geburtenrate.pdf, abgerufen am 8.3.2015

Wittgenstein Center for Demographie and Global Human Capital/Vienna Institute for Demography/Österreichische Akademie der Wissenschaften: Geburtenbarometer 2013, veröffentlicht am 9.10.2014, http://www.oeaw.ac.at/vid/barometer/downloads/Geburtenbarometer_Ergebnis_2013.pdf, abgerufen am 8.3.2015

World Health Organisation: Global Health Observatory Data Repository, http://apps.who.int/gho/data/view.main.2070, abgerufen am 8.3.2015

6. Ausländer sind viel weniger gebildet als wir

Anmerkungen

14 Ausgenommen Schulen und Akademien im Gesundheitswesen. Die Prozentberechnungen erfolgten durch die Autoren anhand der von der Statistik Austria veröffentlichten Daten.

Verwendete Literatur

Bernadette Bayrhammer, Karl Ettinger: Die Türken-Probleme. In: Die Presse, 11.5.2014, S. 4

Behörde für Schule und Berufsbildung: Bildungsbericht Hamburg. Münster/New York 2014

Simone Breit: Sozialisationsbedingungen von Schülerinnen und Schülern mit Migrationshintergrund, www.bifie.at/buch/815/5/1, abgerufen am 14.1.2015

Bundesministerium für Bildung und Forschung: Berufsbildungsbericht 2014, http://www.bmbf.de/pub/Berufsbildungsbericht_2014_barrierefrei.pdf, abgerufen am 14.1.2015

Lena Friedrich: Wohnen und innerstädtische Segregation von Migranten in Deutschland. Aus der Reihe »Integrationsreport« des Bundesamts für Migration und Flüchtlinge, Working Paper 21/2008, www.bamf.de/SharedDocs/Anlagen/DE/Publikationen/WorkingPapers/wp21-wohnen-innerstaedtische-segregation.pdf?__blob=publicationFile, abgerufen am 14.1.2015

Nina von Hardenberg: Ayse hat es schwerer als Anna. In: Süddeutsche Zeitung, 30.10.2014, S. 5

Klemens Himpele: Brain-Gain statt Brain-Drain. In: Die Presse, 7.7.2014, S. 22

Gerald John: Statt aufgestiegen oft abgehängt. In: Der Standard, 17.6.2014

Martin Klesmann/Thomas Rogalla: »Viele Schüler schreiben kein korrektes Deutsch mehr«. In: Berliner Zeitung, 30.9.2014, http://www.genios.de/presse-archiv/artikel/BEZE/20140930/-viele-schueler-schreiben-kein-korr/MDS-A-0B97DEBF-5C14-4823-A4DF-679A580DC467.html, abgerufen am 14.1.2015

Ulrike von Leszcynski: »Gehst Du Bus?« In: Frankfurter Rundschau, 12.8.2014, S. 29

Eva Linsinger/Christa Zöchling: Keine Chance. In: profil, 10.6.2013, S. 28

Julia Neuhauser: Neue Studie: Zweifel an der Qualität der Schulnoten. In: Die Presse, 29.9.2012, S. 1

N.N.: Akademiker mit Migrationshintergrund bei Arbeitssuche im Nachteil. APA-Meldung, 14.11.2013

N.N.: Bildungsgrad der Migranten steigt. In: Die Presse, 14.11.2014

N.N.: Junge Migranten oft ohne Ausbildung oder Job. In: Der Standard, 14.2.2012, http://derstandard.at/1328507738248/Studie-Junge-Migranten-oft-ohne-Ausbildung-oder-Job, abgerufen am 14.1.2015

N.N: OECD: »Bildung auf einen Blick« auf einen Blick 1, APA-Meldung, 9.9.2014

N.N.: Türkische Immigranten in Österreich besser gebildet als anderswo. In: Der Standard, 1.6.2011, http://derstandard.at/1304553450266/Studie-Tuerkische-Immigranten-in-Oesterreich-besser-gebildet-als-anderswo

Freia Peters: Bildung wird den Migranten wichtiger. In: Die Welt, 4.6.2014

Freia Peters: Die besten deutschen Schüler stammen aus Vietnam. In: Die Welt, 6.2.2011, www.welt.de/politik/deutschland/article12458240/Die-besten-deutschen-Schueler-stammen-aus-Vietnam.html, abgerufen am 14.1.2015

Stefan Reinecke: »Herr Sinn betreibt Polemik«. In: taz, 9.1.2015, S. 11

Sachverständigenrat deutscher Stiftungen für Integration und Migration: Deutschlands Wandel zum modernen Einwanderungsland. Essen 2014, www.svr-migration.de/wp-content/uploads/2014/11/SVR_JG_2014_WEB.pdf, abgerufen am 14.1.2015

Ulrich Schmid: Die Mimikry der Migranten. In: Neue Zürcher Zeitung, 4.6.2014

Manel Siegert: Schulische Bildung von Migranten in Deutschland. Aus der Reihe »Integrationsreport« des Bundesamts für Migration und Flüchtlinge, Working Paper 13/2008, http://www.bamf.de/SharedDocs/Anlagen/DE/Publikationen/WorkingPapers/wp13-schulische-bildung.pdf?__blob=publicationFile, abgerufen am 14.1.2015

Burkhard Strassman: Herr Lehrer geht Kopierer. In: Die Zeit, 26.6.2014, S. 37

Statistik Austria: Schülerinnen und Schüler mit nicht-deutscher Umgangssprache im Schuljahr 2013/14, Wien 2014

Thomas Vitzthum: Jeder 2. junge Türke ist ohne Bildungsabschluss. In: Die Welt, 14.6.2014, S. 1

7. Ausländer sind viel krimineller als wir

Anmerkungen

15 Als Ausländer wertet die Kriminalstatistik jeden Täter, der nicht Staatsbürger des jeweiligen Staates ist.

16 Zum Erscheinungszeitpunkt lagen die Daten der deutschen Kriminalstatistik lediglich für das Jahr 2011 vor; www.destatis.de/DE/ZahlenFakten/GesellschaftStaat/Bevoelkerung/Bevoelkerungsstand/Tabellen/Zensus_Geschlecht_Staatsangehoerigkeit.html

17 Stichtag 31.12.2011; www.statistik-portal.de/statistik-portal/de_jb01_jahrtab2.asp

18 Stichtag 1. Januar 2013; www.statistik.at/web_de/statistiken/bevoelkerung/bevoelkerungsstruktur/bevoelkerung_nach_staatsangehoerigkeit_geburtsland/

19 Zitiert nach N.N.: Wenn je ein Problem vorhersehbar war. In: Der Spiegel 10/1989

20 Statistisches Bundesamt, Justiz auf einen Blick (Ausgabe 2011), 14; www.dgfpi.de/tl_files/pdf/medien/2012-01-26_Justiz_auf_einen_Blick_Ausgabe-2011.pdf

21 Andreas Scheil, Kriminalität von Ausländerinnen: Was wissen wir wirklich? Vortragsabend »Feindbild AsylwerberIn«, Amnesty International, Gruppe 13, in Zusammenarbeit mit der Rechtswissenschaftlichen Fakultät Innsbruck am 22.4.2009; Vortragsunterlagen abrufbar unter www.uibk.ac.at/strafrecht/scheil/kriminalitaet-von-auslaenderinnen.ppt. Vgl auch Arno Pilgram: Migration und innere Sicherheit. In: Heinz Fassmann (Hg.): 2.

Österreichischer Migrations- und Integrationsbericht 2001–2006, Wien 2007, S. 363

22 Bundeskriminalamt – Kriminalistisches Institut (Hg.): Polizeiliche Kriminalstatistik 2012 (2013), S. 54. www.uni-siegen.de/phil/sozialwissenschaften/soziologie/mitarbeiter/geissler/ueberblick_1_08.pdf

23 Rainer Geißler: Der »kriminelle Ausländer« – Vorurteil oder Realität? Zum Stereotyp des »Kriminellen Ausländers«. In: IDA-NRW 1/2008, S. 3. www.bka.de/DE/Publikationen/PolizeilicheKriminalstatistik/pks__node.html

24 Arno Pilgram: Migration und innere Sicherheit. In: Heinz Fassmann (Hg.): 2. Österreichischer Migrations- und Integrationsbericht 2001–2006, Wien 2007, S. 367

25 Rainer Geißler: Der »kriminelle Ausländer« – Vorurteil oder Realität? Zum Stereotyp des »Kriminellen Ausländers«. In: IDA-NRW 1/2008, S. 3. www.bka.de/DE/Publikationen/PolizeilicheKriminalstatistik/pks__node.html

26 Vgl. z.B. Mechthild Küpper: Ein Spalier aus Dealern – Drogenhandel im Görlitzer Park, Frankfurter Allgemeine Zeitung, 12.10.2013. www.faz.net/aktuell/gesellschaft/kriminalitaet/drogenhandel-im-goerlitzer-park-ein-spalier-aus-dealern-12614165.html

27 Kriminologisches Forschungsinstitut Niedersachsen: Zeitschrift für Jugendkriminalrecht und Jugendhilfe 2009/2

28 Arno Pilgram: Migration und innere Sicherheit. In: Heinz Fassmann (Hg.): 2. Österreichischer Migrations- und Integrationsbericht 2001–2006, Wien 2007, S. 365

29 Rainer Geißler: Der »kriminelle Ausländer« – Vorurteil oder Realität? Zum Stereotyp des »Kriminellen Ausländers«. In: IDA-NRW 1/2008, S. 3. www.bka.de/DE/Publikationen/PolizeilicheKriminalstatistik/pks__node.html

30 Ebd.

31 Renate Storz: Sind Ausländer krimineller als Schweizer? Statistik Schweiz, Pressemitteilung, Nr. 42/1996. www.bfs.admin.ch/bfs/portal/de/index/news/medienmitteilungen.Document.22935.html

32 Ebd.

33 Rainer Geißler: Der »kriminelle Ausländer« – Vorurteil oder Realität? Zum Stereotyp des »Kriminellen Ausländers«. In: IDA-NRW 1/2008, S. 3. www.bka.de/DE/Publikationen/PolizeilicheKriminalstatistik/pks__node.html

8. Die Jugend wird immer gewalttätiger

Anmerkungen

34 Z.B. die Süddeutsche Zeitung (http://www.sueddeutsche.de/thema/Jugendgewalt), die Zeit (http://www.zeit.de/schlagworte/themen/

jugendgewalt/index) oder Focus (http://www.focus.de/schlagwoerter/themen/j/jugendgewalt)

35 Deutschlands Jugendliche werden immer friedlicher, Die Welt, 24.10.2013. Im Internet abrufbar unter http://www.welt.de/politik/deutschland/article121177689/Deutschlands-Jugendliche-werden-immer-friedlicher.html

36 Statistik Austria, Verurteilungsstatistik – Ergebnisse im Zeitvergleich 1947 bis 2013. Im Internet abrufbar unter http://www.statistik.at/web_de/statistiken/soziales/kriminalitaet/index.html

37 Statistik Austria, Verurteilungsstatistik 2013 – Detailergebnisse. Im Internet abrufbar unter http://www.statistik.at/web_de/statistiken/soziales/kriminalitaet/index.html

38 Junge Türken neigen am meisten zu Gewalt, FAZ, 10.1.2008. Im Internet abrufbar unter http://www.faz.net/aktuell/gesellschaft/kriminalitaet/jugendkriminalitaet-junge-tuerken-neigen-am-meisten-zur-gewalt-1514647.html

9. Wir können nicht jeden Flüchtling aufnehmen

Anmerkungen

39 Christian Pfeiffer, Justizminster Niedersachsen a.D. (2000 bis 2003), Direktor des kriminologischen Forschungsinstituts Niedersachsen. Zitiert nach: Junge Türken neigen am meisten zu Gewalt, FAZ, 10.1.2008. Im Internet abrufbar unter http://www.faz.net/aktuell/gesellschaft/kriminalitaet/jugendkriminalitaet-junge-tuerken-neigen-am-meisten-zur-gewalt-1514647.html

40 Siehe http://www.uno-fluechtlingshilfe.de/fluechtlinge/fragen-antworten.html

41 Armin Hermann: Einstein. Der Weltweise und sein Jahrhundert, München 1994, S. 390, zitiert nach http://www.exil-archiv.de/grafik/biografien/einstein/EinsteinExilOkt05.pdf

42 Siehe Lars Jacob: Apropos Marlene Dietrich, zitiert nach: Baustein zur nicht-rassistischen Bildungsarbeit: Marlene hatte andere Pläne, http://baustein.dgb-bwt.de/PDF/C8-Marlene.pdf

43 Interview mit Marlene Dietrich im Jahr 1966 in »Le Nouveau Candide«, zitiert nach http://baustein.dgb-bwt.de/PDF/C8-Marlene.pdf

Verwendete Literatur

Anne Frank Haus: »Vielleicht ziehen auch wir weiter«. Wechselausstellung, http://www.annefrank.org/de/Museum/Ausstellungen/Wechselausstellungen/

Misschien-trekken-ook-wij-verder/Vielleicht-ziehen-auch-wir-weiter, abgerufen am 11.1.2015

Asylkoordination Österreich: Überblick Erledigungen der Asylbehörden 1981–2010, http://www.asyl.at/fakten_8/stat_2010_01.htm, abgerufen am 9.12.2014

Bundesamt für Migration und Flüchtlinge: Das Bundesamt in Zahlen 2012, Berlin 2013

Bundesamt für politische Bildung: Asylsuchende in absoluten Zahlen und Gesamtschutzquote in Prozent 1975–2011, http://www.bpb.de/nachschlagen/zahlen-und-fakten/soziale-situation-in-deutschland/61634/asyl, abgerufen am 9.12.2014

Sylke Gruhnwald, Alice Kohli: Die Toten vor Europas Toren. In: Neue Zürcher Zeitung, 2.4.2014, www.nzz.ch/aktuell/startseite/die-toten-vor-europas-tueren-1.18272891, abgerufen am 15.1.2015

Mediendienst Integration: Wer nimmt die meisten Flüchtlinge auf?, http://mediendienst-integration.de/artikel/wer-nimmt-die-meisten-fluechtlinge-auf-2013.html, abgerufen am 14.1.2015

N.N.: Iranische Stiftung erhöht Kopfgeld für Tötung von Salman Rushdie. In: Die Welt, 16.9.2012, http://www.welt.de/newsticker/news3/article109254445/Iranische-Stiftung-erhoeht-Kopfgeld-fuer-Toetung-von-Salman-Rushdie.html, abgerufen am 15.1.2015

Harriet Sherwood: Global refugee figure passes 50m for first time since second world war. In: The Guardian, 20.6.2014, www.theguardian.com/world/2014/jun/20/global-refugee-figure-passes-50-million-unhcr-report, abgerufen am 15.1.2015

The Migrant Files. A database on the more than 27.000 migrants who died on their way to Europe since 2000, www.detective.io/detective/the-migrants-files, abgerufen am 15.1.2015

UNHCR: Asylum Trends first half 2014, www.unhcr.org/5423f9699.html

UNHCR: Global Trends 2013, www.unhcr.org/5399a14f9.html

10. Es kommen nur Wirtschaftsflüchtlinge zu uns

Verwendete Literatur

Bundesamt für Migration und Flüchtlinge: Aktuelle Zahlen zu Asyl, Ausgabe November 2014, http://www.bamf.de/SharedDocs/Anlagen/DE/Downloads/Infothek/Statistik/statistik-anlage-teil-4-aktuelle-zahlen-zu-asyl.pdf?__blob=publicationFile, abgerufen am 28.2.2015

Bundesministerium für Inneres: Vorläufige Asylstatistik November 2014, http://www.bmi.gv.at/cms/BMI_Asylwesen/statistik/files/2014/Asylstatistik_November_2014.pdf, abgerufen am 28.2.2015

Bundeszentrale für politische Bildung: Deutschland: Blue Card für Fachkräfte aus Drittstaaten vom 7.5.2012, http://www.bpb.de/gesellschaft/migration/newsletter/135363/blue-card-fuer-fachkraefte, abgerufen am 28.2.2015
Bundeszentrale für politische Bildung: Deutschland/Europa: Visavergabepraxis für die Einreise vom 15.11.2013, http://www.bpb.de/gesellschaft/migration/newsletter/173040/visavergabepraxis, abgerufen am 28.2.2015
Deutscher Bundestag: Antwort der Bundesregierung auf die Kleine Anfrage der Abgeordneten Ulla Jelpke, Jan Korte, Sevim Dağdelen, weiterer Abgeordneter und der Fraktion DIE LINKE vom 3.9.2014, http://dip21.bundestag.de/dip21/btd/18/024/1802471.pdf, abgerufen am 28.2.2015
International Labour Organisation: Global Employment Trends for Youth 2013: A generation at risk, http://www.ilo.org/global/research/global-reports/global-employment-trends/youth/2013/WCMS_212423/lang--de/index.htm, abgerufen am 28.2.2015
Medien-Servicestelle neue Österreicher/innen: Asylwesen 2013: Zahlen, Fakten, Trends, http://medienservicestelle.at/migration_bewegt/2014/07/31/asylwesen-2013-zahlen-fakten-trends, abgerufen am 28.2.2015
N.N.: Armutsstudie von Oxfam: Das reichste Prozent besitzt mehr als alle anderen zusammen. In: Spiegel online, 19.1.2015, http://www.spiegel.de/wirtschaft/ungleichheit-superreiche-besitzen-mehr-als-die-anderen-99-prozent-a-1013655.html, abgerufen am 19.1.2015
Statistik Austria: Bevölkerung nach Staatsangehörigkeit und Geburtsland, http://www.statistik.at/web_de/statistiken/bevoelkerung/bevoelkerungsstruktur/bevoelkerung_nach_staatsangehoerigkeit_geburtsland/index.html, abgerufen am 28.2.2015
Sarah Welk: Keine Chance – selbst bei Top-Ausbildung. In: Die Tagesschau, 27.6.2013, www.tagesschau.de/wirtschaft/jugendarbeitslosigkeit128.html, abgerufen am 28.2.2015

11. Frauen sind doch längst gleichberechtigt

Verwendete Literatur

Bundesministerium für Bildung und Frauen: Gender Index 2014, https://www.bmbf.gv.at/frauen/gender/gender_index_2014.pdf?4prcf5, abgerufen am 19.1.2015

Florian Gossy: Damals wie heute: Nur wenige Frauen in der österreichischen Bundesregierung. In: Der Standard, 14.12.2013, http://derstandard.at/1385171050946/Damals-wie-heute-Wenige-Frauen-in-der-Regierung, abgerufen am 15.1.2015

Miriam Holstein, Marcel Leubecher: Den Männern reicht es mit der Gleichberechtigung. In: Die Welt, 30.9.2013, www.welt.de/politik/deutschland/article120518094/Den-Maennern-reicht-es-mit-der-Gleichberechtigung.html, abgerufen am 4.3.2015

Nina Horaczek: Heimat bist du noch größerer Töchter. In: Falter, 10.12.2014, Beilage Feminismus, S. 14 f.

International Labour Organisation: Woman in Business and Management. Gaining Momentum. Global Report. Genf 2015, www.ilo.org/wcmsp5/groups/public/---dgreports/---dcomm/---publ/documents/publication/wcms_316450.pdf , abgerufen am 16.1.2015

Maria Kern: Familienarbeit lastet zu zwei Dritteln auf Frauen. In: Kurier, 4.8.2014, S. 2

Kienbaum Consultants International: Frauen – Macht – Regierung II. Eine Studie über den Anteil von Frauen in Führungspositionen der Bundesregierung 2014. Berlin 2014, www.kienbaum.at/Portaldata/1/Resources/downloads/servicespalte/Studie_FRAUEN-MACHT-REGIERUNG_II.pdf, abgerufen am 12.1.2015

Österreichischer Nationalrat: Anfragebeantwortung durch die Bundesministerin für Familien und Jugend MMag. Dr. Sophie Karmasin zu der schriftlichen Anfrage (1262/J) der Abgeordneten Angela Lueger, Kolleginnen und Kollegen an die Bundesministerin für Familien und Jugend betreffend Zahlen über Väter, die Kinderbetreuungsgeld beziehen – Statistik über Karenzväter vom 12.6.2014, www.parlament.gv.at/PAKT/VHG/XXV/AB/AB_01151/index.shtml, abgerufen am 15.1.2015

Statistik Austria: Durchschnittliche Zeitverwendung pro Tag (Montag–Sonntag) aller Personen ab 10 Jahren nach ausgewählter Haupttätigkeit, Wien 2010

Statistik Austria: Gender Statistik. Wien 2014, www.statistik.at/web_de/statistiken/soziales/gender-statistik, abgerufen am 15.1.2015

Statistisches Bundesamt: Auf dem Weg zur Gleichstellung? Bildung, Arbeit und Soziales – Unterschiede zwischen Männern und Frauen. Wiesbaden 2014, www.destatis.de/DE/PresseService/Presse/Pressekonferenzen/2014/Gleichstellung/begleitheft_Gleichstellung_2014.pdf?__blob=publicationFile, abgerufen am 15.1.2015

Petra Völkerer, Sybille Pirklbauer u. a.: Frauen – Bildung – Arbeitsmarkt. Die Entwicklung der Qualifikationsstruktur von Frauen und Männern 1981–2010 in Österreich und Wien. Wien 2014, http://media.arbeiterkammer.at/PDF/AK_Frauen_Management_Report_2014.pdf, abgerufen am 14.1.2015

World Economic Forum: Global Gender Gap Report 2014, http://reports.weforum.org/global-gender-gap-report-2014, abgerufen am 15.1.2015

World Economic Forum: Which country has the most woman managers?, https://agenda.weforum.org/2015/01/which-country-has-the-most-women-managers/, abgerufen am 15.1.2015

12. Das Kopftuch ist ein politisches Symbol

Anmerkungen

44 Integrationshindernis Kopftuch? Ressourcen stärken, Zukunft sichern – Erwerbsperspektiven für Mütter mit Migrationshintergrund

45 Bernd Dicks: Wie Rektoren das Kopftuchverbot ausweiten wollen. Spiegel online, 16.10.2008

46 Koran, Vers 33:32–33. Die »Zeit der Unwissenheit« bezeichnet die Zeit des vorislamischen Heidentums.

47 Z.B. Halima Krausen, die rund 400 deutschsprachige muslimische Familien in Hamburg seelsorgerisch betreut

47 Indre Monjezi Brown: Muslimische Frauen und das Kopftuch. In: Sabine Berghahn, Petra Rostok (Hg.): Der Stoff, aus dem Konflikte sind. Debatten um das Kopftuch in Deutschland, Österreich und der Schweiz, Bielefeld 2009, S. 454

49 Ebd., S. 434

50 Bundesamt für Migration und Flüchtlinge (Hg.): Muslimisches Leben in Deutschland (2009), zitiert nach Die Welt, 25.9.2014; www.welt.de/132596199

51 Integrationshindernis Kopftuch? Ressourcen stärken, Zukunft sichern – Erwerbsperspektiven für Mütter mit Migrationshintergrund

Verwendete Literatur

Nina Horaczek: Der Prophet hat im Haushalt mitgearbeitet. In: Falter, 10.12.2014, Sonderbeilage Feminismus, S. 28 f.

13. Wer ein Kopftuch trägt, will sich nicht integrieren

Anmerkungen

52 Frank Jessen, Ulrich von Wilamowitz-Moellendorf: Das Kopftuch – Entschleierung eines Symbols? Zukunftsforum Politik, Berlin 2006, S. 41

53 Demokratiemonitoring 2012 der Sozialwissenschaftlichen Studiengesellschaft; zitiert nach N.N.: Umfrage, Kopftuch als größtes Integrations-Hindernis, Die Presse, 21.2.2012

54 Brown: Muslimische Frauen und das Kopftuch, S. 452

55 Ebd., S. 438

56 Lukas Eberle, Sebastian Eder, Cathrin Gilbert: Die verlorenen Töchter. In: Der Spiegel 24/2011

57 Zitiert nach Karim El-Gawhary: Frauenpower auf Arabisch. Jenseits von Klischee und Kopftuchdebatte, Wien 2013

58 Dieter Schwulera, Vorstandschef des Fußballvereins Borussia Hannover, zitiert nach Eberle/Eder/Gilbert, Die verlorenen Töchter

59 Bundesamt für Migration und Flüchtlinge (Hg.): Muslimisches Leben in Deutschland (2009), S. 202 f.

60 Pädagogische Hochschule Freiburg: »Toleriert und benachteiligt – Jugendliche mit Migrationshintergrund auf dem Ausbildungsmarkt im Landkreis Breisgau-Hochschwarzwald« (2012)

14. Der Islam ist eine kriegerische Religion

Anmerkungen

61 Sure 9, 5

62 Sure 47, 4

63 So zum Beispiel der inzwischen verstorbene, einflussreiche Großscheich der Azhar-Universität in Kairo, Muhammad Sayyid Tantawi

64 Altes Testament, Buch Numeri 31, 7.15.17

65 Neues Testament, Matthäus 10, 34

66 Levitikus 19, 18

67 Sure 4, 36

68 Sure 16, 67, Sure 4, 43 und zuletzt Sure 5, 90

69 Sure 3, 7

70 Deniz Yücel: Suren-Bingo für Fortgeschrittene, taz, 30.10.2014

71 Sure 4, 89

72 www.islam.de

73 Lexikon der Religion, Herder (1987), S. 124 (G. Riße) unter Berufung auf Koran 16, 125

74 Matthäus 28, 18–20; Lukas 24, 46–48; Johannes 20, 21; Apostelgeschichte 1, 8

75 Europol: EU Terrorism Situation and Trend Report 2013

76 Datenbank des National Consortium for the Study of Terrorism and Responses to Terrorism der Universität Maryland

15. Wir dürfen in islamischen Staaten auch keine Kirchen bauen

Verwendete Literatur

Bundesministerium für Inneres: Verfassungsschutzbericht 2013, http://www.bmi.gv.at/cms/BMI_Verfassungsschutz/Verfassungsschutzbericht_2013.pdf, abgerufen am 16.2.2015

Bundesministerium für Innneres: Verfassungsschutzbericht 2014, www.bmi.gv.at/cms/BMI_Verfassungsschutz/BVT_VSB_2014_V20140613_online.pdf, abgerufen am 16.2.2015

Farid Hafez: Minarettverbot: In Österreich ist man einen Schritt weiter. Der Standard, 1.12.2009, http://derstandard.at/1259280879061/Kommentar-der-Anderen-Minarettverbot-In-Oesterreich-ist-man-einen-Schritt-weiter, abgerufen am 16.2.2015

Kirche in Not: »Wir sind eine sichtbare Kirche«, www.kirche-in-not.de/aktuelle-meldungen/2014/05-21-wir-sind-eine-sichtbare-kirche-interview-camillo-ballin-apostolischer-vikar-noerdliches-arabien, abgerufen am 16.2.2015

N.N.: Afghanen droht Todesurteil wegen »Abfall vom Islam«. Die Welt, 3.1.2011, www.welt.de/politik/ausland/article11955492/Afghanen-droht-Todesurteil-wegen-Abfall-vom-Islam.html, abgerufen am 16.2.2015

N.N.: Land bremst Minarett-Pläne. Vorarlberger Nachrichten, 25.2.2008, www.vol.at/land-bremst-minarett-plaene/news-20080225-06512011, abgerufen am 16.2.2015

N.N.: Moscheen in Deutschland öffnen ihre Tür. Deutsche Welle, 3.10.2013, www.dw.de/moscheen-in-deutschland-öffnen-ihre-tür/a-17133205, abgerufen am 16.2.2015

N.N.: Türkei genehmigt seit 1923 erstes Mal Bau christlicher Kirche. derstandard.at, 3.1.2015, http://derstandard.at/2000009979902/In-Tuerkei-wird-erste-christliche-Kirche-seit-90-Jahren-gebaut, abgerufen am 16.2.2015

Open Doors: Weltverfolgungsindex 2015, https://www.opendoors.de/downloads/wvi/pdf_wvi2015.pdf, abgerufen am 16.2.2015

Hans Rauscher: Muslime in Österreich. Politisierung einer stark wachsenden Glaubensgemeinschaft. derstandard.at, 12.9.2014, http://derstandard.at/2000005451456/Muslime-in-Oesterreich, abgerufen am 6.3.2015

Titel, Thesen, Temperamente: Verwüstungen, Fäkalien, verbrannte Korane – Anschläge auf Moscheen in Deutschland häufen sich. ARD-Sendung vom 22.9.2014, www.daserste.de/information/wissen-kultur/ttt/sendung/ndr/moscheen100.html, abgerufen am 16.2.2015

16. Die EU ist undemokratisch

Anmerkungen

77 Der Begriff »Gesetzesvorhaben« ist bei EU-Recht unscharf. Die EU hat begrifflich keine Gesetze. Ihre »Gesetze« heißen »Verordnungen« und »Richtlinien«.

Verwendete Literatur

Berücksichtigung der EU. In: Zeitschrift für Politik 3/1998

Wolfgang Böhm, Otmar Lahodynsky: EU for You! So funktioniert die Europäische Union, Wien 2008

Christoph Gusy: Demokratiedefizite postnationaler Gemeinschaften unter
Werner Weidenfeld: Die Europäische Verfassung verstehen, Gütersloh 2006

Winfried Kuth: Die demokratische Legitimation der Europäischen Union, Berlin 1995

Gerd Strohmeier: Die EU zwischen Legitimität und Effektivität. In: Aus Politik und Zeitgeschichte 10/2007

17. Die EU ist ein Verwaltungsmoloch

Anmerkungen

78 Florian Eder: 4365 EU-Beamte verdienen mehr als die Bundeskanzlerin. In: Welt am Sonntag, 3.2.2013

18. Die EU schikaniert uns mit sinnlosen Verboten

Anmerkungen

79 Richtlinie 2000/9/EG vom 20. März 2000 über Seilbahnen für den Personenverkehr

80 Z.B. das Gesetz über Seilbahnen im Land Mecklenburg-Vorpommern vom 20. Juli 2004 (LSeilbG M-V)

81 EU schafft Deutsch ab, Bild-Zeitung, 24.8.2005

82 Zitiert nach www.bildblog.de

83 Bauern protestieren gegen EU-Plan: »Windeln für Almkühe?«, Augsburger Allgemeine, 7.10.2014

19. Homosexualität ist eine Krankheit

Verwendete Literatur

Robert Aldrich: Gleich und anders. Eine globale Geschichte der Homosexualität, London 2007

Bastian Dornbach: »Missbrauch durch die Politik«. In: Zeit online, 23.5.2008, http://www.zeit.de/online/2008/22/homosexualitaet-tiere-interview abgerufen am 18.11.2014

Gerhard Fischer: Die rosa Liste. In: Süddeutsche Zeitung, 17.5.2010, http://www.sueddeutsche.de/wissen/2.220/tierwelt-die-rosa-liste-1.622417 abgerufen am 18.11.2014

Benno Gammerl: Eine Regenbogengeschichte. In: Aus Politik und Zeitgeschichte 15–16/2010, S. 7 ff.

Gabriel Girard, Daniela Rojas Castro: Liebe, Freiheit, Paragraphen. In: Le Monde Diplomatique, 9.11.2012

Markus Hengstschläger: Kranke Gene, Wien 2003

Björn Lohmann: Das Rätsel der »vererbten« Homosexualität. In: Die Welt, 12.12.2012

Florian Mildenberger u.a. (Hg.): Was ist Homosexualität? Forschungsgeschichte, gesellschaftliche Entwicklungen und Perspektiven. Hamburg 2014

N.N.: Kalifornien verbietet Therapie. In: taz, 5.10.2012

Udo Rauchfleisch: Schwule, Lesben, Bisexuelle. Lebensweisen – Vorurteile – Einsichten, Göttingen 2011

Volkmar Sigusch: Homosexuelle zwischen Verfolgung und Emanzipation. In: Aus Politik und Zeitgeschichte 15–16/2010, S. 3 ff.

20. Bei den Nazis war nicht alles schlecht

Anmerkungen

84 Ralph Giordano: Wenn Hitler den Krieg gewonnen hätte. Die Pläne der Nazis nach dem Endsieg, Köln 2006, S. 298

Verwendete Literatur

Karl Almhofer: Der Wirtschaftsbetrieb und die Arbeitnehmervertretungen im Nationalsozialismus von 1933 bis 1936. Dipl.-Arb., Linz 1994

Wolfgang Benz: Legenden, Lügen, Vorurteile, München 1982

Helmut Dubiel, Alfons Söllner (Hg.): Wirtschaft, Recht und Staat im Nationalsozialismus. Analysen des Instituts für Sozialforschung 1939–1942, Franfurt/Main 1981

Rüdiger Hachtmann: Labour Policy in Industry. In: Christoph Buchheim (Hg.): German Industry in the Nazi Peroid, Stuttgart 2008

Hans Pohl: Wirtschaft, Unternehmen, Kreditwesen, soziale Probleme. Ausgewählte Aufsätze. In: Vierteljahreszeitschrift für Sozial- und Wirtschaftsgeschichte, Stuttgart 2005

21. Den Holocaust hat es nie gegeben

Anmerkungen

85 Eine leicht lesbare Gesamtschau über den Holocaust enthält Guido Knopp: Holocaust, München 2000. Eine detaillierte Darstellung der Judenvernichtung enthält Raul Hilberg: Die Vernichtung der europäischen Juden, Berlin 1982. Eine sehr persönliche und unkonventionelle Darstellung der Judenverfolgung im besetzten Polen sowie der Judenvernichtung in Auschwitz enthält die Graphic Novel »MAUS« von Art Spiegelman (englische Originalausgabe: Art Spiegelman: Maus. A Survivor's Tale, New York 1986). Für jugendliche Leser empfehlen sich unter anderem Judith Kerr: Als Hitler das rosa Kaninchen stahl, Ravensburg 1974 (Roman); Max von der Grün: Wie war das eigentlich. Kindheit und Jugend im Dritten Reich, Darmstadt 1979 (Sachbuch) und insbesondere Angela Gluck Wood: Holocaust. Was damals geschah, München 2008 (Sachbuch).

86 Die folgenden revisionistischen Behauptungen sind nicht erfunden, sondern stammen von einschlägigen Holocaustleugner-Websites.

87 Weiterführend vgl. Markus Tiedemann, »In Auschwitz wurde niemand vergast«. 60 rechtsradikale Lügen und wie man sie widerlegt, Mühlheim an der Ruhr 1996, S. 141; abrufbar unter www.fes-online-akademie.de/download.php?d=auschwitz_luege_49.pdf

88 Eine Sammlung der wichtigsten angeblichen Details und ihre Widerlegung enthält Tiedemann, »In Auschwitz wurde niemand vergast«, abrufbar unter www.fes-online-akademie.de/modul.php?md=2&c=texte&id=3

89 Timothy Snyder: Bloodlands. Europa zwischen Hitler und Stalin, München 2011, S. 18

90 Jan Karski: Mein Bericht an die Welt. Geschichte eines Staates im Untergrund, München 2010. Der englische Originaltext erschien 1944 unter dem Titel »Story of a Secret State«.

91 Jana Renée Friesová: Festung meiner Jugend, Prag 2004

92 Drahomir Bárta: Tagebuch aus dem KZ Ebensee, Wien 2005

93 Stellvertretend für viele andere Wieslaw Kielar: Anus Mundi. Fünf Jahre Auschwitz, Frankfurt am Main 1979; Tadeusz Borowski: Bei uns in Auschwitz, Frankfurt am Main 2006

94 Z.B. Rudolf Kalmar: Zeit ohne Gnade, Wien 1946

95 Zum Nürnberger Prozess vgl. Joe J. Heydecker / Johannes Leeb: Der Nürnberger Prozess, Köln 1958; mit einer Fülle an Zitaten aus Zeugenaussagen, Tätervernehmungen und als Beweismitteln vorgelegten Dokumenten

96 Kazimierz Moczarski: Gespräche mit dem Henker. Das Leben des SS-Generals Jürgen Stroop. Aufgezeichnet im Motoków-Gefängnis zu Warschau, Düsseldorf 1978

97 Zitiert nach Snyder, Bloodlands, S. 216

98 Zitiert in Richard Rhodes: Die deutschen Mörder. Die SS-Einsatzgruppen und der Holocaust, Bergisch Gladbach 2004, S. 270

99 Z.B. Willy Peter Reese: Mir selber seltsam fremd. Russland 1941–44, Berlin 2004

100 Alfred Pietsch: Es regnete Hakenkreuze. Ein junger Wiener überlebt das Dritte Reich, Wien 2004

101 Heydecker/Leeb, Der Nürnberger Prozess

22. Die Auschwitzlüge: Das wird man ja noch sagen dürfen!

Anmerkungen

102 EGMR 23.9.1998, Lehideux und Onsori gg. Frankreich

Verwendete Literatur

EGMR 23.9.1998, Lehideux und Onsorni gg. Frankreich, abrufbar unter: https://www.ris.bka.gv.at/Dokument.wxe?Abfrage=Justiz&Dokumentnummer=JJT_19980923_AUSL000_000BSW24662_9400000_000

Europäische Menschenrechtskonvention, abrufbar unter: http://www.echr.coe.int/Documents/Convention_DEU.pdf

Sebastian Wiese: Wo ein Grundrecht an seine Grenzen stößt. In: Der Standard, 13.9.2010